WILLIAM WENTON
und die Jagd nach dem Luridium

W0271964

© Sofia Runarsdotter

Bobbie Peers, 1974 in Norwegen geboren, ist Drehbuchautor und Regisseur. 2006 hat er für seinen Kurzfilm »Sniffers« die goldene Palme von Cannes gewonnen und 2015 seinen ersten Spielfilm »Dirk Ohm – der Illusionist, der verschwand« mit August Diehl in der Hauptrolle gedreht. In der William Wenton-Reihe sind mittlerweile drei Bände erschienen und sie ist in 37 Sprachen verkauft worden.

Bobbie Peers

William Wenton
und die Jagd nach dem Luridium

Aus dem Norwegischen von
Gabriele Haefs

Carlsen

Außerdem von Bobbie Peers im Carlsen Verlag lieferbar:
William Wenton und das geheimnisvolle Portal (Band 2)
William Wenton und der Orbulator-Agent (Band 3)

FSC www.fsc.org
MIX
Papier aus verantwortungsvollen Quellen
FSC® C083411

Veröffentlicht im Carlsen Verlag
Dezember 2018
Originalcopyright © 2015 by Bobbie Peers
Published by arrangement with Salomonsson Agency
Originalverlag: H. Aschehoug & Co. (W. Nygaard), Oslo
Originaltitel: Luridiumstyven
Copyright © der deutschsprachigen Ausgaben:
2016, 2018 Carlsen Verlag GmbH, Hamburg
Umschlagillustration und Vignetten: Claudia Carls
Umschlaggestaltung: formlabor
Corporate Design Taschenbuch: bell étage
Satz: Pinkuin Satz und Datentechnik, Berlin
ISBN: 978-3-551-31775-9

CARLSEN-Newsletter: Tolle Lesetipps kostenlos per E-Mail!
Unsere Bücher gibt es überall im Buchhandel und auf carlsen.de.

Victoria-Bahnhof, London

Es war mitten im morgendlichen Berufsverkehr. Eilige Menschen aller Art und Couleur hasteten hin und her. Alle waren mit ihren eigenen Angelegenheiten beschäftigt. Niemand bemerkte einen älteren Mann mit Bart und runder Brille, der durch die Bahnhofshalle rannte. Er presste ein braunes Päckchen an sich und schaute sich immer wieder um, als ob er verfolgt würde.

Er stolperte über den Rollkoffer eines Reisenden. Brauchte einige Schritte, um das Gleichgewicht wiederzufinden, und lief dann weiter zur Rolltreppe, die zur U-Bahn hinunterführte.

Unten auf dem Bahnsteig standen die Menschen wie die Heringe in der Tonne. Der Mann bahnte sich einen Weg durch die Menschenmenge und blieb am Ende des Bahnsteigs stehen. Eine kühle Brise schlug ihm entgegen. Ein Zug näherte sich.

Keiner der anderen Fahrgäste sah, dass der Mann auf die Gleise hinuntersprang. Der näher kommende Zug tutete und der Wind aus dem Tunnel wurde stärker. Der Mann warf einen letzten Blick auf den Bahnsteig, dann drehte er sich um und verschwand in dem dunklen Tunnel.

1

Acht Jahre später. Eine geheime Adresse,
eine Stadt in Norwegen.

William war dermaßen in seine Beschäftigung vertieft, dass er seine Mutter gar nicht rufen hörte. Er beugte sich über einen riesigen Schreibtisch. Er presste die Lippen aufeinander, während er die letzte Schraube in einen Metallzylinder von der Größe einer leeren Klopapierrolle drehte. Der Zylinder bestand aus mehreren Teilen, in die allerlei Zeichen und Inschriften eingraviert waren.

Zufrieden hielt William den Zylinder ins Licht und betrachtete ihn. Er hob einen Zeitungsausschnitt mit dem Bild eines Zylinders hoch, der dem in seiner Hand ähnelte. »Die Unmöglichkeit – der schwierigste Code der Welt – kommt nach Norwegen. Können Sie ihn knacken?«, stand darunter.

»ESSEN!«, rief seine Mutter aus der Küche.

William reagierte nicht. Allerdings war das Haus auch nicht gerade hellhörig. Die Wände der großen Villa waren mit vollgestopften Bücherregalen gesäumt. Die Bücher hatten sie vom Großvater geerbt, mit der strengen Anweisung, sich niemals davon zu trennen. Sie waren in sieben großen

Containern aus England hergebracht worden. William hatte sie alle gelesen. Mindestens zweimal.

Vor acht Jahren hatten sie aus England fliehen müssen. Vor acht Jahren waren sie in die Villa gezogen. Und vor acht Jahren war sein Großvater verschwunden. Jetzt lebten William und seine Eltern unter neuem Namen und neuer Adresse in einem Land namens Norwegen.

»WILLIAM OLSEN! ESSEN!«

Die Mutter ließ nicht locker. Jetzt konnte William sie hören. Sie sagte Olsen. William Olsen. An diesen Namen würde er sich nie gewöhnen. Er sehnte sich nach dem Tag, an dem er aller Welt sagen könnte, wie er wirklich hieß: William Wenton.

Er fragte schon lange nicht mehr danach, was damals vor acht Jahren in London wirklich geschehen war. Warum sie jetzt Olsen hießen und Norwegisch gelernt hatten. Warum sie ausgerechnet hier wohnten und was aus seinem Großvater geworden war. Seine Eltern hatten entschieden, dass darüber nicht gesprochen werden durfte. Als ob diese vielen Geheimnisse besser wären als die Wahrheit. Das Einzige, was er über die Ereignisse von damals wusste, war, dass es etwas mit einem Autounfall zu tun hatte. Einem Autounfall, seit dem sein Vater gelähmt war.

Aber es musste noch mehr passiert sein. Etwas so Schwerwiegendes, dass William und seine Familie von der Erdoberfläche hatten verschwinden müssen. Und ein kleines, schmales Land, von dem der Rest der Welt kaum je gehört hatte, war der perfekte Ort dafür gewesen – bis auf weiteres jedenfalls.

»EEESSEN!«, schrie die Mutter noch einmal.

»Aber ich muss nur noch schnell ...«, murmelte William vor sich hin.

Nun brüllte auch sein Vater irgendwo da unten: »WILLIAM ... ESSEN IST FERTIG!«

William drehte vorsichtig am Metallzylinder. Merkte, wie perfekt sich die kleinen Teile seiner Hand anpassten. Er fuhr heftig zusammen, als plötzlich die Zimmertür aufgerissen wurde. Die Tür knallte gegen einen hohen Bücherstapel, der daraufhin ins Zimmer kippte. Ein Buch traf den Zylinder, und der rutschte William aus der Hand, fiel klirrend zu Boden und kullerte davon. William bückte sich gerade danach, als sein Vater mit seinem elektrischen Rollstuhl ins Zimmer gefahren kam. William schaute entsetzt auf den Zylinder hinunter, der gleich mit dem Rollstuhl zusammenstoßen würde. Ein metallisches Knirschen war zu hören, als der Zylinder von einem Rad überrollt wurde. Williams Vater bremste scharf. Zerstörte Elektronik knisterte, und eine kleine Rauchwolke stieg aus den zerdrückten Einzelteilen unter dem Rad auf. Williams Vater schaute gereizt an seinem Rollstuhl hinunter und rümpfte die Nase.

»Will der jetzt schon wieder streiken? Der war doch gerade erst zur Wartung«, knurrte er und richtete dann einen strengen Blick auf William, der den Zeitungsausschnitt auf dem Tisch mit der Hand bedeckte.

»Essen ist fertig ... komm JETZT!«, sagte sein Vater, ehe er den Rückwärtsgang einlegte, mit einem weiteren Bücherstapel zusammenstieß und aus dem Zimmer fuhr.

William wartete, bis das Summen des Treppenlifts verstummt war, dann stand er auf. Er holte tief Luft. Das wäre um ein Haar schiefgegangen. Aber sein Vater hatte doch wohl nichts gesehen? William war ziemlich sicher, dass er den Zeitungsausschnitt gerade noch rechtzeitig verdeckt hatte. Er ging zum Zylinder hinüber und hob ihn vorsichtig hoch. Die eine Seite war eingedrückt. Er schüttelte den Zylinder ein wenig.

»Wie dumm von mir«, sagte er gereizt zu sich selbst und musterte den kräftigen Riegel an der Innenseite seiner Zimmertür. Wie hatte er den vergessen können? Er schloss doch immer ab, ehe er sich an einen neuen Code setzte.

William drehte sich um und ging zurück zum Schreibtisch. Legte den Zeitungsausschnitt und den verbeulten Zylinder in eine Schublade. Er blieb stehen und starrte die anderen Gegenstände in der Schublade an. Eine mechanische Hand, die er selbst konstruiert hatte. Ein 3-D-Puzzlespiel aus Metall. Einen ganz normalen Rubikwürfel und einen kleinen Schuhkarton mit Lötkolben, Schraubenziehern und Kneifzangen.

Er schloss die Schublade mit einem Schlüssel ab, den er dann in einem Spalt im Fußboden versteckte. Warf einen letzten Blick ins Zimmer, um sich davon zu überzeugen, dass alles verborgen war.

Aus irgendeinem Grund hasste sein Vater Codes und alles, was damit zu tun hatte. Er nervte William immer wieder damit, dass er sich mit denselben Dingen beschäftigen sollte wie normale Kinder: Fußball, Blaskapelle, egal, was. Sein

Vater schien Angst vor Codes zu haben. Und Angst davor, dass William sich dafür interessieren könnte. Und es wurde immer schlimmer. Jetzt schnitt sein Vater schon die Kreuzworträtsel aus den Zeitungen aus und verbrannte sie im Kamin. Deshalb hatte William angefangen, seine Tür zu verriegeln. Damit sein Vater nicht entdeckte, was William alles in seinem Zimmer versteckt hatte.

Wenn sein Vater nur gewusst hätte, wie es William bisweilen zu Mute war! Dass Codes manchmal das Einzige waren, was er ertragen konnte. Eigentlich war fast alles ein Code. Ein Garten. Ein Haus. Ein Auto. Alles, was er im Fernsehen sah oder in einem Buch las. Es war wie ein Puzzlespiel. Und sein Gehirn schaltete sich sofort ein. Es konnte sogar passieren, wenn er nur einen Baum oder das Muster einer Tapete ansah. Manchmal schienen sich Gegenstände vor seinen Augen regelrecht aufzulösen, so dass er jeden einzelnen Bestandteil und dessen Position innerhalb des Ganzen isoliert vor sich sah. Solange er sich zurückerinnern konnte, war es schon so gewesen. Oft hatte er dafür bereits Ärger bekommen. Deshalb fühlte er sich in seiner eigenen Gesellschaft am wohlsten. Vor allem in seinem Zimmer, hinter einer verschlossenen Tür, wo er alles im Griff hatte.

William war stehen geblieben und sah seinen großen Schreibtisch an. Den Schreibtisch seines Großvaters. Die Tischplatte war aus dunklem harten Ebenholz. Eine der härtesten Holzarten auf der Welt. In jeder Ecke gab es geschnitzte dämonische Gesichter, die Grimassen schnitten und die Zunge herausstreckten. Als kleiner Junge hatte sich

William vor dem Schreibtisch gefürchtet. Später war er dann neugierig geworden. Die ganze Tischplatte war von seltsamen Zeichen bedeckt. Oder von »Opas Kritzeleien«, wie seine Mutter es nannte. William stellte sich vor, es seien geheime Mitteilungen des Großvaters, der schließlich einer der weltbesten Kryptologen gewesen war. Aber William hatte die Zeichen noch nicht entziffern können. Er hoffte, dass er sie eines Tages durchschauen würde. Dass er dann verstehen würde, was der Großvater geschrieben hatte und warum.

»WIR ESSEN JETZT!«, schrie seine Mutter.

»Schon unterwegs«, antwortete William.

Und mit zwei leichten Schritten war er aus dem Zimmer.

2

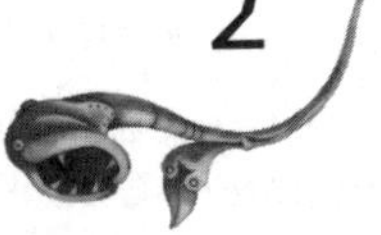

»Hast du keinen Hunger?«, fragte seine Mutter.

»Nicht so besonders«, antwortete William und schob den Teller zurück.

Sein Vater schluckte. »Du sitzt viel zu viel still«, sagte er. »Als ich in deinem Alter war, haben wir niemals still gesessen. Wir haben Fußball gespielt, sind auf Bäume geklettert und haben Äpfel geklaut. Aber sieh dich an. Du bist doch dünn wie ein Strich.«

William versuchte, nicht darauf zu achten, was sein Vater sagte. Er wusste, dass das stimmte. Er war wirklich dünn wie ein Strich. Aber er war stärker, als er aussah. Das war er immer schon gewesen. Niemand aus seiner Klasse schaffte mehr Liegestütze als er. Sogar der Sportlehrer konnte nur mit Mühe mit William Schritt halten, wenn der erst loslegte.

William schaute zu einer zusammengefalteten Zeitung und einer Schere hinüber, die auf den Knien seines Vaters lagen. Sein Vater schnitt jetzt nicht nur Kreuzworträtsel aus den Zeitungen aus. Und zwar, seit Berichte über die Unmöglichkeitsausstellung veröffentlicht wurden, die im Wissenschaftshistorischen Museum stattfinden sollte. Sein Vater gab sich alle Mühe, William von dieser Ausstellung fernzuhalten.

Aber was er nicht wusste, war, dass Williams ganze Klasse die Unmöglichkeitsausstellung besuchen würde. Seine Mutter hatte gesagt, William dürfe hingehen, wenn er versprach, seinem Vater nichts zu verraten. Und er dürfe auch keinen der ausgestellten Gegenstände berühren. Die Mutter schien zu verstehen, wie wichtig die Ausstellung für William war. Als ob sie das Kribbeln im Körper kannte, das William immer dann verspürte, wenn er an den Code dachte, den noch niemals jemand geknackt hatte. Als ob die Mutter wüsste, dass er von dieser Ausstellung träumte, seit er zum ersten Mal von der Unmöglichkeit gehört hatte.

»Darf ich aufstehen?«, fragte William, ohne aufzublicken.

»Nein, das darfst du nicht«, sagte sein Vater tonlos.

Seine Eltern wechselten einen Blick und es wurde still. Es war klar, dass sie ihm etwas zu sagen hatten.

Seine Eltern wechselten noch einen Blick. Sein Vater schluckte und räusperte sich.

»Wir haben entschieden, dass die Bücher rausmüssen, William.«

William blinzelte mehrmals, als ob er nicht ganz begriffen hätte, wovon sein Vater da redete.

»Wir haben seit über acht Jahren nichts mehr von Opa gehört. Und die Bücher nehmen so viel Platz weg. Papa kann sich mit dem Rollstuhl ja kaum bewegen, ohne mit einem Bücherregal zusammenzukrachen«, sagte seine Mutter.

»NEIN!«, rief William und sprang auf. Er schlug mit der Hand so fest auf den Tisch, dass Teller und Gläser hochhüpften. Aber dann riss er sich zusammen. Er war nicht gern wütend, deshalb presste er die Zähne aufeinander und zählte in Gedanken bis zehn.

»Entschuldigung«, sagte er und setzte sich wieder.

»Wir wissen, wie viel die Bücher dir bedeuten, William. Aber sieh dich doch mal um. Wir haben hier mindestens eine Million davon«, sagte sie und schaute zum Vater hinüber. »Ich weiß, was wir Opa versprochen haben – aber andere Dinge sind jetzt wichtiger. Wir müssen hier so normal wie möglich leben können.«

William sagte nichts. Er starrte nur den Tisch an und schüttelte verzweifelt den Kopf.

»Du kannst ein paar Bücher aussortieren, die du behalten willst. Der Rest kommt weg«, sagte der Vater schroff und schaltete den Rollstuhl in den Rückwärtsgang. Auf dem Weg nach draußen stieß er gegen einen Bücherstapel, der bedrohlich ins Wanken geriet.

Die Mutter sah William an.

»Papa meint es nicht böse. Das hier ist alles schrecklich schwer für ihn; hier zu leben, nicht arbeiten zu können, seine Arbeit in London fehlt ihm so sehr. Er hat das Gefühl, nicht gut genug zu sein. Und dann ist da ja auch noch die Sache mit der Schule«, sagte sie und seufzte.

William hatte das Gerede über die Schule satt. Er war ein guter Schüler. Aber sein Klassenlehrer, Herr Humburger, musste eben immer übertreiben. Er rief alle zwei Tage bei Williams Eltern an, um ihnen etwas »ganz Entsetzliches« zu erzählen, was William an dem Tag angestellt hatte. Kein Wunder, dass seine Eltern sich Sorgen machten. Aber William wusste, warum Herr Humburger ihn zutiefst hasste. Während der ganzen ersten Klasse war William in der Schule ungeheuer eifrig gewesen. So eifrig, dass er Herrn Humburger immer korrigiert hatte, wenn der in der Mathestunde etwas falsch machte oder etwas Falsches sagte. Und in jeder anderen Stunde übrigens auch. Am Tag vor den Sommerferien hatte Herr Humburger William beiseitegenommen und gesagt, er solle sich ja nicht mehr melden, wenn die Schule nach den Sommerferien wieder losginge.

Natürlich hatte William das nicht geschafft, und die ganze zweite Klasse war zu einem einzigen langen Krieg zwischen ihm und Herrn Humburger geworden. Als William dann älter wurde, ignorierte er die Irrlehren von Herrn Humburger und blieb in den Stunden einfach stumm. Aber ihr Verhältnis hatte sich trotzdem nicht gebessert.

»Herr Humburger hat angerufen und erzählt, was heute in der Schule passiert ist«, begann die Mutter vorsichtig. »Ich habe Papa noch nichts gesagt.«

Natürlich hatte Herr Humburger angerufen und erzählt, was in der Schule geschehen war. Er war sicher schon ans Telefon gerannt, als die Sprinkler noch immer das ganze Gebäude mit Wasser fluteten. William konnte es sich lebhaft vorstellen. Wie Herr Humburger im Lehrerzimmer am Telefon saß und sich an seinem großen behaarten Bauch kratzte, während die restliche Schule versuchte, vor den Wassermassen zu retten, was zu retten war.

»Das war nicht nur meine Schuld. Ich wollte bloß helfen. Die Sprinkleranlage war defekt«, sagte William.

»Und du hast sie wieder in Gang gebracht ... in der ganzen Schule«, sagte seine Mutter. Sie musste ein winziges Lächeln unterdrücken.

»Ich weiß wirklich nicht, was ich mit dir machen soll, William. Manchmal bist du so sehr wie Opa«, sagte sie und seufzte.

»Dann sollte ich vielleicht auch spurlos verschwinden?«, fragte William.

Seine Mutter stand auf und fing an, den Tisch abzuräumen. »Das war nicht komisch«, sagte sie und stellte die Teller aufeinander.

Sie ging seitlich zwischen zwei großen Bücherregalen hindurch zum Spülbecken. William erhob sich.

»Herr Humburger macht sich Sorgen wegen des Museumsbesuchs morgen«, sagte die Mutter. »Und mir geht es nicht anders. So lange versteckt zu leben, ist für uns alle schwer. Aber wir dürfen nun einmal keine Aufmerksamkeit erregen. Das weißt du.«

William gab keine Antwort.

»Sieh mich an, William«, sagte seine Mutter streng.

Er drehte sich um und sah sie an.

»Versprich mir, dich morgen anständig zu benehmen!«, bat sie. »Wir dürfen eben einfach nicht auffallen!«

William wusste, dass es ihm schwerfallen würde, einen Bogen um die Unmöglichkeit zu machen. Aber er wusste auch, dass er nichts tun durfte, was sie verraten könnte.

»Versprochen«, sagte er und merkte, wie sich sein Magen zusammenkrampfte.

3

William stand allein da. Der Schnee rieselte herab. Alles war weiß. Er schaute zu den anderen aus seiner Klasse hinüber, die auf dem Schulhof herumtobten, während sie auf den Bus warteten, der sie zum Wissenschaftshistorischen Museum fahren würde. Alle freuten sich darüber, an diesem Tag nicht in die Schule zu müssen.

Mit einem lauten Knall aus dem Auspuff hielt der Bus vor ihnen an. Die Türen sprangen auf und der Kampf darum, als Erster hineinzugelangen, begann. William wartete, bis sich das Chaos gelegt hatte, dann stieg er ein. Er suchte sich einen Platz allein und ganz hinten. Hier hatte er guten Überblick über alle in der Klasse, auch über Herrn Humburger.

»Supercool, was du gestern mit der Sprinkleranlage gemacht hast«, sagte plötzlich eine Stimme.

William sah sich um und entdeckte Eilert, der sich ebenfalls nach hinten gesetzt hatte. Eilert, der ihn in der Schule sonst immer schikanierte. Jetzt hing er auf seinem Sitz neben William und schaute zu ihm hinüber. Eilert verbrachte viel Zeit damit, sich »bedeckt« zu halten. William drehte sich zum Fenster und schaute hinaus. Er war in keiner redseligen Stimmung. Er wollte nicht mit Eilert sprechen, und mit anderen auch nicht. Nach dem gestrigen Gespräch mit seinen Eltern hatte er ein schlechtes Gefühl im Bauch. Wollten sie wirklich alle Bücher des Großvaters wegschaffen? Der Bus fuhr mit einem Ruck an.

William schob die Hand in die Tasche und zog ein Stück Papier heraus. Es war der Zeitungsausschnitt über die Unmöglichkeit. »Der schwierigste Code der Welt kommt nach Norwegen«, stand dort dick und fett. Obwohl William den Artikel schon hundertmal gelesen hatte, las er ihn noch einmal. Er schaute sich ein Bild des rätselhaften Metallzylinders an. Eine Gruppe der besten Kryptologen der Welt hatte mehr als drei Jahre für dessen Herstellung gebraucht. Und jetzt wurde er als schwierigster Code der Welt vermarktet. Fast unmöglich zu lösen. Einige der bedeutendsten Entschlüsselungsexperten der Welt hatten es bereits vergeblich versucht. Und jetzt kam er endlich nach Norwegen. Bald würde William ihn mit eigenen Augen sehen. Er konnte es fast nicht erwarten. Die Ausstellung würde am nächsten Tag nach Finnland weiterziehen. Also hieß es: heute oder nie.

William schloss die Augen und lehnte den Kopf an die Fensterscheibe. Das hier könnte der beste Tag seines Lebens werden. Er durfte nur der Versuchung nicht erliegen. Er durfte ihn ansehen, aber ja nicht berühren ...

»Ich hoffe, dir ist klar, dass du deine Spektakelquote jetzt voll ausgereizt hast, William!«, blaffte eine Stimme direkt neben ihm.

William öffnete die Augen und sah Herrn Humburger vor ihm stehen.

»Was gestern geschehen ist, war wirklich der Tropfen, der das Fass zum Überlaufen bringt«, fügte Herr Humburger hinzu.

Eilert prustete los. »Das war ja wohl mehr als nur ein Tropfen«, sagte er, verstummte aber, als Herr Humburger ihn wütend ansah. »Halt die Klappe, Rotschopf!«, knurrte Humburger, dann hob er einen behaarten Zeigefinger und schwenkte ihn drohend vor Williams Gesicht.

»Ich habe gestern mit deiner Mutter gesprochen, und ihr ist klar, dass du sooo dicht vor dem Schulverweis stehst«, knurrte er und zeigte einen winzigen Zwischenraum zwischen Daumen und Zeigefinger.

Plötzlich ruckte es heftig im Bus. Herr Humburger kippte der Länge nach rückwärts um und knallte auf den Boden des Mittelgangs. Dort blieb er liegen und kullerte verdutzt hin und her, während der Bus von einer Seite auf die andere schlingerte. Irgendwer heulte auf, andere hoben die Köpfe, um zu sehen, was denn los war. Der Bus wurde langsamer, fuhr an den Straßenrand und blieb stehen.

»Kein Grund zur Aufregung«, sagte der Busfahrer über Lautsprecher. »Nur eine kleine Reifenpanne.«

Herr Humburger hob den Kopf und schaute sich um wie eine ängstliche kleine Feldmaus, dann sprang er hoch und schob seinen Brustkasten vor.

»Die Gefahr ist vorüber. Keine Panik!«, rief er mit aufgesetzt männlicher Stimme.

Der Fahrer stand bereits neben dem Bus und musterte ratlos das rechte Vorderrad, während sein Atem als Wolke aus seinem Mund quoll. William presste das Gesicht ans Fenster, um zu sehen, was der Busfahrer jetzt unternehmen wollte. Herr Humburger sprang im Bus nach vorn und griff zum Mikrofon. Er hielt es an seine dicken, schleimigen Lippen:

»Alles ganz ruhig bleiben, während wir mit der Kompetenz zur Krisenbewältigung dieses Problem lösen. Wir werden gleich weiterfahren können. Bleibt alle sitzen«, sagte er, legte das Mikrofon weg und stolperte aus dem Bus.

»Glaubst du, wir kommen noch rechtzeitig?«, fragte Eilert.

»Das hoffe ich«, sagte William und schaute besorgt zu Herrn Humburger und dem Busfahrer hinaus, die sich beide am Kopf kratzten.

Zwei Stunden darauf konnte der Bus endlich weiterfahren. Herr Humburger saß schmutzig und erschöpft zwei Reihen vor William. Sie hatten eine Ewigkeit für den Reifenwechsel gebraucht. Es stellte sich heraus, dass keiner der beiden Männer jemals zuvor einen Reifen gewechselt hatte, und sie brauchten die erste Stunde schon dafür, den Reservereifen ausfindig zu machen. William hatte seine Hilfe angeboten, war aber auf seinen Platz zurückgeschickt worden, denn das hier sei eine Arbeit für Erwachsene. Es war jetzt Viertel nach eins und William hatte ein mieses Gefühl.

Eine große, nervöse Frau wartete vor dem Museum auf sie. Sie schien schon eine ganze Weile dort zu stehen. Ihre Nase war rot wie eine Tomate, und die Frau zitterte am ganzen Leib. Sie trat ungeduldig von einem Fuß auf den anderen und sprang ein wenig auf und ab, um warm zu bleiben, während

Herr Humburger sich alle Mühe gab, die Klasse zur Ruhe zu bringen. Als alle sich auf einer einigermaßen akzeptablen Lautstärke eingependelt hatten, räusperte sich die Frau und stellte sich mit dünner Stimme vor: »Hallo, und willkommen zu einem spannenden Tag im Wissenschaftshistorischen Museum. Ich heiße Edna und werde euch gleich herumführen.« Sie strich nervös ihren Rock glatt. »Ihr seid ziemlich spät dran, und die Unmöglichkeitsausstellung wird leider gerade geschlossen. Aber ihr habt natürlich Zutritt zum übrigen Museum.«

William erstarrte. Das durfte nicht wahr sein! Sie waren zu spät gekommen.

»Da ihr die Unmöglichkeitsausstellung nicht mehr schafft, gehen wir gleich zum Wissensrebus. Ihr findet auf dem Tisch neben der Tür Fragebogen«, sagte Edna. »Am besten geht ihr in Zweiergruppen.«

Einige Sekunden verstrichen, dann hatte sich die Klasse zu den üblichen Gruppen zusammengefunden. William stand noch immer ganz still da. Die Enttäuschung lähmte ihn vollständig.

»Du tust dich mit Eilert zusammen«, rief Herr Humburger ihm zu.

Die Klasse kicherte.

»Na los, William, wir haben nicht den ganzen Tag Zeit«, sagte Herr Humburger jetzt.

Eilert trat neben William und war mit dieser Partnerwahl offenbar sehr zufrieden. Er grinste von einem Ohr zum anderen.

»Jetzt gewinnen wir ganz bestimmt. Du weißt doch alles über diesen Kram«, flüsterte er und bohrte sich in der Nase.

William nickte ganz kurz. Er spürte, wie sein Zorn aufloderte. Wissensrebus? Nie im Leben! Er war hier, um die Unmöglichkeit zu sehen.

»Folgt mir, ich zeige euch, was ihr tun müsst, und dann treffen wir uns in einer Stunde am Ausgang wieder«, piepste Edna und öffnete die Eichentüren des Museums.

Die Klasse strömte johlend die Treppen hoch. Ein Mädchen stieß Edna an, die zu Boden fiel. Verwirrt blieb sie auf der Treppe sitzen. Herr Humburger stürzte auf Edna zu. Sie streckte die Hand aus, damit er ihr beim Aufstehen helfen könnte. Aber Herr Humburger rannte an ihr vorbei.

»Nicht laufen … GEHEN!«, brüllte er aus voller Kehle und lief weiter ins Museum, ohne Edna auch nur eines einzigen Blickes zu würdigen.

William blieb vor Edna stehen und nahm ihre Hand. Er half ihr auf die Füße.

»Danke«, sagte sie und wischte sich den Rock ab.

»Keine Ursache«, sagte William und lächelte verlegen.

Er zögerte ein wenig.

»Ist die Unmöglichkeitsausstellung wirklich schon geschlossen?«, fragte er.

»Da unten ist es überfüllt. Mehr dürfen wir nicht einlassen. Wir müssen uns an die Brandschutzvorschriften halten.«

William nickte und ging weiter. Eilert stand bei den Türen und starrte auf das Meer aus Ausstellungsgegenständen.

»Wow, das ist doch einfach gigacool«, sagte er und war sichtlich beeindruckt.

William blieb neben ihm stehen. Er war mit seinen Gedanken ganz woanders. Er entdeckte zwei Männer, die ein Stück weiter gerade ein Plakat von der Wand nahmen. »Die Unmöglichkeitsausstellung – eine Treppe tiefer« stand darauf.

»Fangen wir an?«, fragte Eilert und ging zu dem Tisch mit den Fragebogen. Er reichte William einen Bleistift. »Du kannst schreiben.«

»Ich ... ich muss nur noch schnell aufs Klo«, sagte William und schaute zu Herrn Humburger hinüber. Der war gerade mit einem Jungen beschäftigt, der sich seine Hand an einer Dampfmaschine eingeklemmt hatte. Ein Museumswärter kam dazu, um zu helfen.

William lächelte. Herr Humburger war beschäftigt. Jetzt bot sich ihm doch noch die Chance, die Unmöglichkeitsausstellung zu besuchen.

4

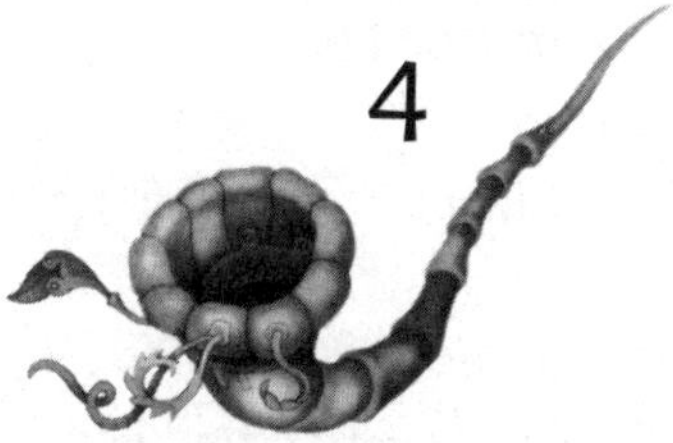

William stieg die Treppen hinunter und blieb dann stehen. Zwei riesige Wärter in grauen Anzügen versperrten den Eingang. In der Halle hinter ihnen drängten sich die Leute dicht an dicht. Der eine Wärter sprach mit einem wütenden kleinen Mann, der hineinwollte. Der kleine Mann hielt dem Wärter eine Eintrittskarte unter die Nase.

»Ich habe schon bezahlt! Sie müssen mich durchlassen, wenn ich eine Eintrittskarte habe!«, rief er.

»Dann hätten Sie früher kommen müssen. Wir können nicht noch mehr einlassen. Es ist schon jetzt überfüllt.« Der Wärter zeigte demonstrativ auf die Menschenmenge hinter sich.

»Sehen Sie mich doch an, ich bin eins neunundvierzig groß und wiege fünfzig Kilo. Ob ich hier draußen oder da drinnen bin, das merkt doch niemand«, sagte der Mann.

»Tut mir leid«, sagte der andere Wärter energisch und verschränkte die Arme vor der Brust.

Der kleine Mann blieb noch einige Sekunden stehen. William sah, dass er die Fäuste ballte wie ein trotziger kleiner Vierjähriger. Sein Gesicht wurde immer röter und es schien so, als ob er jeden Augenblick explodieren könnte.

Dann machte er kehrt und lief die Treppe hoch. William ging zu den Wärtern.

»Entschuldigung«, sagte er so unschuldig, wie er nur konnte.

Die beiden Männer schauten auf ihn herab.

»Ich bin mit meiner Klasse hier, und wir sollen da rein«, sagte er und zeigte in den Saal.

»Ist deine Klasse schon drinnen?«, fragte der eine Wärter.

»Äh ... ja«, sagte William zögernd.

»Hast du einen Stempel?«

William zögerte. Er wollte schon etwas sagen, als eine Gestalt durch die Luft geschossen kam und gegen den einen Wärter knallte.

»EINLASSEN! EINLASSEN! EINLASSEN!«, rief der kleine Mann und klammerte sich an den Hals des Wärters, während er versuchte, über den Mann hinüberzuklettern und so in den Saal zu gelangen.

Der Wärter versuchte, ihn wegzuwischen, wie man das mit einer wütenden Wespe macht.

»Hol den da runter«, rief er, »Hol den da runter!«

Der andere Wärter stürzte auf ihn zu, packte den kleinen Mann an den Beinen und versuchte, ihn von seinem Kollegen wegzuzerren. Aber der kleine Mann klammerte sich fest wie ein wütender Tintenfisch.

»Er ist stärker, als er aussieht, Håvard. Kitzel ihn doch mal eine Runde, vielleicht lässt er dann los.«

»Kitzel du ihn doch, Svein«, rief der andere Wärter und fuchtelte mit den Armen.

Weitere Wärter kamen angelaufen, um zu helfen. Alle waren so beschäftigt, dass niemand bemerkte, wie William sich durch die offene Tür schlich. Kurz darauf stand er mitten in der Menschenmenge in einem riesigen Raum. Er spürte am ganzen Leib ein Kribbeln. Es war nur eine Frage der Zeit, bis Herr Humburger merken würde, dass jemand fehlte.

»Jetzt bleiben nur noch fünf Minuten, um den schwierigsten Code der Welt zu knacken«, verkündete eine Stimme über Lautsprecher. »Viele haben es versucht, aber noch hat es keiner geschafft.«

William schaute sich um. An der Wand am anderen Ende des Saales entdeckte er einen Bildschirm mit großen roten Ziffern, die einen Countdown anzeigten. Über dem Bildschirm hing ein Plakat mit einem Foto der Unmöglichkeit. William bahnte sich einen Weg durch die Menge. Er hatte durchaus nicht vor, den Code zu knacken. Er wollte ihn nur sehen. Am liebsten, während andere sich an der Lösung versuchten. Er spürte, wie sein Puls schneller wurde und Adrenalin durch seine Adern schäumte.

Zwei Minuten später hatte sich William nach vorn gedrängt und stand jetzt vor einer kleinen Bühne.

Auf der Bühne standen ein Tisch und ein Stuhl. Auf dem Stuhl saß ein dünner Mann von Mitte vierzig. Die langen blonden Haare hatte er zu einem Pferdeschwanz gebunden. Er beugte sich über den Tisch und drehte an einem Zylinder herum. Kleine Schweißtropfen traten ihm auf die Stirn. Er keuchte und schnaufte, während er immer wieder nervöse Blicke auf den Bildschirm an der Wand warf.

Ein rundlicher Mann im Anzug trat neben dem Tisch nervös von einem Fuß auf den anderen. William erkannte ihn sofort. Er hatte ihn schon oft im Fernsehen gesehen. Der Mann hieß Ludo Kläbbert und war eine Art witziger Moderator für alles Mögliche. Ludo Kläbbert hob ein Mikrofon an den Mund und schaute ebenfalls zum Bildschirm hoch, während er mit dem Countdown begann.

»Zehn ... neun ... acht ... sieben ...«

Bald zählten alle im Saal mit ihm zusammen. Der Langhaarige schien kurz vor einer Ohnmacht zu stehen.

»... fünf ... vier ... drei ... zwei ... eins ... null!«, rief Ludo. »Ihre Zeit ist um. Haben Sie das Rätsel gelöst, Vektor Hansen?« Ludo ging zu dem schweißnassen Mann an dem kleinen Tisch.

Vektor Hansen legte die Unmöglichkeit vorsichtig hin und schüttelte beschämt den Kopf.

»Nicht einmal Vektor Hansen, der Mann mit dem höchsten IQ Norwegens, kann die Unmöglichkeit knacken. Das ist wirklich eine harte Nuss!«, rief Ludo.

Plötzlich sprang Vektor Hansen auf und riss das Mikrofon an sich.

»Das ist doch nur Pfusch! Ein mieser Witz! Man kann das gar nicht lösen«, bellte er ins Mikrofon.

Er schnappte sich die Unmöglichkeit und hob sie drohend über seinen Kopf, als wolle er sie auf den Boden schleudern.

»Das ist nur ein Jux!«, rief er wieder.

Ludo Kläbbert winkte zwei uniformierten Wärtern, die auf die Bühne sprangen, Vektor die Unmöglichkeit aus der

Hand rissen und sie Ludo reichten. Die Wärter zogen Vektor Hansen von der Bühne. Einige lachten, andere buhten.

»Ich bin noch immer viel cleverer als ihr alle zusammen!«, rief Vektor Hansen, während er durch eine Tür neben der Bühne getragen wurde. »Gegen mich seid ihr doch bloß ein Haufen Bauerntrottel. Ich bin total intelligent!« Dann knallte die Tür hinter ihm zu und es wurde still im Saal.

Ludo stand mit verdrossener Miene und der Unmöglichkeit in der Hand auf der Bühne. Stimmengewirr erhob sich.

»Ist das wirklich nur Pfusch?«, rief ein Mann.

»Typisch«, meinte ein anderer.

»Nein, nein«, Ludo fuchtelte abwehrend mit den Händen.

»Dann beweisen Sie es!«, rief eine Frau. »Lassen Sie es noch jemanden versuchen!«

Ludo schaute sich nervös um. Sein Blick fiel auf eine ernste Dame mit strenger Brille, die neben der Bühne stand. Sie nickte.

»Na gut, aber nur noch ein Versuch. Eigentlich haben wir keine Zeit mehr. Wer hat Lust, es zu probieren?«, rief Ludo und wischte sich mit dem Handrücken den Schweiß aus dem Gesicht.

Es wurde still im Saal. Einige murmelten, andere schüttelten den Kopf.

»Niemand?«, fragte Ludo.

»William«, rief plötzlich eine laute Stimme.

William fuhr herum und sah, wie sich Herr Humburger einen Weg durch die Menge bahnte und dabei auf ihn zeigte.

Und alle starrten William an, der direkt neben der Bühne stand.

»Ja, der soll es probieren«, sagte eine weitere Frau.

Ludo Kläbbert warf William einen fragenden Blick zu.

»Ein Kind? Warum nicht? Man weiß ja nie.« Er winkte William zu sich.

»Nein, warten Sie!«, rief Herr Humburger, »ich wollte doch nicht ...«

Aber es war schon zu spät. Ludo hatte William auf die Bühne gezogen und ihm die Unmöglichkeit in die Hand gedrückt. William schaute den blanken Zylinder an. Er traute seinen eigenen Augen kaum.

»Nein, nicht ...«, rief Herr Humburger jetzt. Er wollte schon auf die Bühne steigen, wurde aber an den Beinen gepackt und heruntergezogen.

»Würdest du es gern versuchen? Einige der hellsten Köpfe der Welt haben es vergeblich probiert.«

William schüttelte den Kopf. »Nein, ich glaube nicht ...«

»Ach, komm schon, ein Versuch kann doch nicht schaden«, sagte Ludo lächelnd.

Er wandte sich an das Publikum und schwenkte einen Wurstfinger.

»Was sagen Sie? Soll er es versuchen?«

Die Menge brach in spontanen Applaus aus. William schaute die Unmöglichkeit an.

Er hatte keines der Zeichen auf dem Zylinder schon einmal gesehen. Es waren weder Buchstaben noch Ziffern. Aber dann passierte etwas. Wie immer. Es begann im Magen und fühlte sich an wie ein warmes Ziehen. Dann wanderte es hoch in seinen Brustkorb und weiter in Hände und Kopf. Alles schien ganz von selbst zu gehen. William versuchte, die Unmöglichkeit loszulassen. Aber es war zu spät.

Jetzt schienen die kleinen Teile des Zylinders in seinen Händen lebendig zu werden. Einige Teile wurden kleiner und andere änderten ihre Farbe. Ein paar fingen an zu leuchten, während andere so dunkel wurden, dass sie fast verschwanden. Die Zeichen lösten sich vom Zylinder. Sie schwebten um Williams Kopf wie Schmetterlinge. Er sah ihnen hinterher. Dann machten sich seine Hände an die Arbeit. Sie drehten, wendeten und rotierten die kleinen Knöpfe. Seine Finger wurden schneller und schneller. *Klick ... klick ... klick,* hörte er.

Und Ort und Zeit verschwanden.

Erst, als gewaltiges Jubelgebrüll fast die Decke von der großen Halle gehoben hätte, wurde William aus seiner Trance gerissen und schaute auf die Unmöglichkeit hinab, die er noch immer in den Händen hielt. Aber jetzt war es nicht mehr nur ein Zylinder, sondern er hatte sich in zwei geteilt. Und in dem einen Teil war eine kleine Messingplatte mit einer Aufschrift befestigt: »Herzlichen Glückwunsch!«

William brachte kein einziges Wort heraus, er starrte nur die Messingplatte an. Seine Augen sahen, was dort stand. Aber sein Gehirn wollte es nicht glauben. Der muss kaputt sein, dachte er. Ich habe es nicht gelöst ... ich habe alles ruiniert. Er schaute zu Ludo Kläbbert hoch, der sprachlos neben ihm stand. Danach sah er zu Herrn Humburger hinüber, der sich an den Kopf griff und vor der Bühne zu Boden sank.

William versuchte, die beiden Teile wieder zusammenzusetzen. Aber das gelang ihm nicht. Er machte noch einen Versuch. Und noch einen.

Der Zylinder musste kaputt sein. Das musste einfach so sein!

5

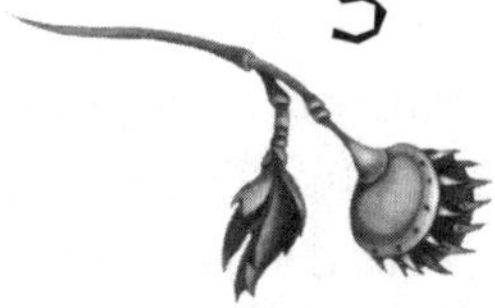

Das Büro war ein schmaler, enger Raum.

William saß auf einem Stuhl vor dem in den Anblick der Unmöglichkeit vertieften Museumsdirektor. Er schaute zum Fenster hinüber. Presseleute und andere Neugierige drängten sich unten auf der Straße vor dem Museum zusammen. Er konnte sie rufen hören. William schaute wieder den Museumsdirektor an, der die Unmöglichkeit drehte und wendete. Der Direktor zog eine Lupe hervor, hielt sie sich vors Auge und hob die beiden Teile dicht an sein Gesicht.

»Hm ... hm«, murmelte er. »Sieht nicht aus, als ob es irgendwie aufgebrochen worden wäre.« Er musterte William forschend über den Brillenrand hinweg.

»Wir müssen natürlich die Presse informieren. Das ist doch eine kleine Weltsensation«, sagte der Museumsdirektor.

Alle Farbe verschwand aus Williams Gesicht.

»Muss das sein?«, fragte er und schluckte hart.

Das durfte auf keinen Fall passieren. Seine Mutter würde zusammenbrechen. Und sein Vater ... William wagte nicht einmal, daran zu denken, wie sein Vater reagieren würde.

Der Museumsdirektor starrte William eine ganze Weile lang nachdenklich an.

»Du bist ja unter achtzehn, da brauchen wir streng genommen die Erlaubnis deiner Eltern, ehe wir mit der Presse sprechen. Du weißt doch sicher ihre Nummer?«

William rutschte auf dem Stuhl hin und her und schüttelte den Kopf. »Es ist besser, wenn ich es ihnen sage«, sagte er. »Meine Eltern freuen sich nicht so über Aufmerksamkeit.«

Der Museumsdirektor überlegte kurz, dann zuckte er mit den Schultern. »Von mir aus«, sagte er und lächelte. »Ich lasse dich von einem unserer Mitarbeiter nach Hause fahren. Du kannst dich zum Hinterausgang rausschleichen.«

William nickte dankbar, stand auf und ging zur Tür.

»Du ...«, begann der Museumsdirektor wieder.

William blieb stehen und drehte sich um.

»Du weißt, wie unglaublich das ist, nicht wahr?«

Ein weißer Lieferwagen hielt vor der Auffahrt. Die Tür öffnete sich und William sprang heraus. Er ging zum Haus, atmete tief durch, als ob er tauchen wollte, legte die Hand auf die Türklinke und ging hinein. Er hörte aus dem Wohnzimmer leise Stimmen.

Seine Eltern saßen auf dem Sofa. Im Hintergrund lief das Radio.

Da entdeckte ihn sein Vater. Seine Mutter auch. Sie blieben eine gefühlte Ewigkeit lang schweigend sitzen.

»William«, sagte sein Vater endlich.

William wusste nicht, was er sagen sollte. Sein Vater winkte ihm und drehte das Radio lauter.

»Wir kehren zurück zum Wissenschaftshistorischen Museum und zu dem sensationellen Ereignis im Zusammenhang mit der Unmöglichkeit. Der Code, der bis heute als der schwierigste der Welt galt, ist gelöst worden. Wir wissen noch immer nichts über die Identität dessen, der es geschafft hat«, sagte der Nachrichtensprecher, »aber wir haben mit einer Augenzeugin gesprochen. Bitte, Aslak.«

Die Hände von Williams Mutter zitterten. Sie faltete sie auf ihrem Schoß, um sie zu beruhigen, aber das schien nichts zu helfen. William schluckte und starrte auf den Boden. Er wusste, dass er etwas streng Verbotenes getan hatte.

»Ich stehe hier vor dem Wissenschaftshistorischen Museum, zusammen mit Tordis Voffel, die zugegen war, als dieses unglaubliche Kunststück vollbracht wurde. Tordis, können Sie uns erzählen, was passiert ist?«

Eine ältere Dame räusperte sich zweimal, dann sagte sie:

»Ich war mit meinem Enkel dort. Der interessiert sich für Codes und so was. Wir wollten gerade gehen, nachdem der andere mit dem IQ aufgeben musste. Wir wollten vor den anderen im Café sein. Ich hatte Halvor ein Eis versprochen. Schokolade; das mag er lieber als ...«

»Was ist dann passiert?«, fiel ihr der Interviewer ungeduldig ins Wort.

»Dann stand plötzlich ein Junge auf der Bühne«, sagte die Frau mit entsetzter Begeisterung in der Stimme. »Ich weiß nicht, wo er hergekommen war. Er tauchte einfach auf. Wie aus dem Nichts. Ich fand es ein bisschen seltsam. Dass ein Kind das versuchen durfte. Vor allem, nachdem die anderen Genies alle aufgegeben hatten.«

»Und was ist dann passiert?«

»Ehe wir Piep sagen konnten, hatte er den Code gelöst. Dann brach das Chaos los. Ich packte Halvor und zog ihn dort weg. Man hört doch immer wieder von Leuten, die totgetrampelt werden, und ich hatte ihm schließlich das Eis ...«

Der Vater schaltete das Radio aus und schwieg eine Weile.

»Warst du das?«, fragte er endlich.

»Ich ...«, fing William an. Aber mehr konnte er nicht sagen. Seine Stimme zitterte zu sehr.

Seine Mutter fing an zu weinen.

»Das spielt jetzt auch keine Rolle mehr. Wir müssen packen«, sagte der Vater und fuhr aus dem Zimmer.

6

William ging die Treppe in den ersten Stock hoch. Er ging den Gang entlang und blieb dann am Ende stehen. Er fuhr mit der Hand über die Kieferntäfelung an der Wand. Sein Zeigefinger hielt bei einem großen Astloch inne. Er bohrte den Finger in das Loch und drückte auf etwas. »Klick«, sagte es in der Wand. Dann knirschte es in der Decke und eine Luke öffnete sich.

Er hatte den geheimen Eingang selbst gebaut. William zog die Leiter herunter, stieg hoch und verschwand durch die Bodenluke.

Das Schrägdach war gerade so hoch, dass er aufrecht stehen konnte. Abgesehen von einem niedrigen Bücherregal und einem Teppich war der Dachbodenraum so ziemlich leer. Einige alte Pappkartons standen in einer Ecke. William knipste eine Lampe an der Wand an und ging zum Bücherregal. Es waren nicht viele Bücher darin, aber das waren die Bücher, die ihm am meisten bedeuteten. William hatte keine Ahnung, wie oft er sie schon gelesen hatte. Hunderte von Malen vielleicht. Er konnte sie auswendig. Und was sie zu etwas ganz Besonderem machte, waren die Notizen seines Großvaters. Er hatte so viel aus diesen Büchern gelernt. Dinge, von denen in der Schule nie die Rede war. Er ließ den Finger über die Buchrücken gleiten: *Die Geheimnisse der Höhlenmalereien. Die Pyramiden: Der größte Code der Welt; Atlantis: Sie wussten mehr als wir. Der Erdball ist anders, als Sie glauben.*

William setzte sich auf den Teppich und zog ein in Leder gebundenes Fotoalbum hervor, das unter dem Regal versteckt lag. Die Handschrift seines Großvaters war kaum noch zu sehen: »Ausgrabungsdokumentation, Teil 89«.

William blätterte langsam durch das Album. Er schaute sich die Bilder an, die sein Großvater auf den verschiedenen archäologischen Grabungsstätten in aller Welt gemacht hatte. Sein Großvater war überall gewesen. Aber William hatte keine Ahnung, wonach er gesucht und was er gefunden hatte. Danach hätte er seinen Großvater gern gefragt. Er blätterte weiter. Es gab hier Bilder aus aller Welt: von so bekannten Orten wie den Pyramiden in Ägypten bis zu geheimen Stellen am Amazonas und in Tibet. Neben den Bildern hatte der Großvater Ort und Zeit notiert, aber niemals, wonach sie gesucht hatten.

Die Leiter knackte. William schaute auf und sah seine Mutter. Schnell klappte er das Fotoalbum zu.

»Darf ich raufkommen?«, fragte sie.

»Ja«, sagte William.

Seine Mutter setzte sich neben ihn. Sie blieb eine Weile mit den Händen im Schoß sitzen. William suchte nach Worten, fand aber keine.

»Es gibt so viel, was du nicht weißt. Wir wollten dich beschützen, wollten nicht, dass du Angst hast«, fing sie dann an.

»Wie meinst du das?«, fragte William.

»Papa und ich ... wir haben immer gewusst, dass das hier nicht ewig gut gehen würde. Du bist viel zu sehr wie Opa«, sagte sie und strich William über die Haare.

»Ich glaube, du musst jetzt erfahren, was vor acht Jahren in London passiert ist.« Seine Mutter schluckte. »Warum wir bedroht sind.«

»Sind wir jetzt in Gefahr?«, fragte William kleinlaut.

»Ja, das glaube ich«, sagte sie.

Sie saßen eine Weile schweigend da. William fuhr mit den Händen über das Album.

»Darf ich mal sehen?«, fragte seine Mutter.

William nickte. Seine Mutter lächelte, als sie die verschnörkelte Handschrift des Großvaters erkannte.

»Die Zeit vergeht so schnell. Es kommt mir vor, als hätte ich ihn gestern das letzte Mal gesehen.«

Sie schlug das Album auf und blätterte darin. Bei einem Bild von einer überwucherten Inkapyramide mitten in einem zugewachsenen Dschungel hielt sie inne.

»Er hat seine Arbeit geliebt. War immer unterwegs. Ich weiß schon fast nicht mehr, ob er überhaupt je zu Hause war, als ich noch klein war. Vielleicht hat er sich deshalb so viel um dich gekümmert, ehe er dann plötzlich verschwunden ist. Du hast ihm alles bedeutet, William.«

»Was ist mit ihm passiert?«

»Das wissen wir nicht genau. Er ist verschwunden, als wir gerade nach Norwegen gekommen waren.«

»Aber warum sind wir denn nach Norwegen gekommen?«, fragte William.

Seine Mutter sah ihn an.

»Das hing mit Opas Arbeit zusammen. Wir wissen nicht, warum, aber Opa glaubte, dass wir in Lebensgefahr schwebten, und hat uns hergeschickt. Wir mussten hier ein neues Leben anfangen, und niemand durfte jemals erfahren, dass wir mit Opa verwandt sind. Deshalb haben wir hier auch keine Bilder von ihm. Und deshalb reden wir so selten über ihn.«

»Aber wer ist denn hinter uns her? Wieso kann es lebensgefährlich sein, wenn bekannt wird, dass ich einen Code geknackt habe?«

»Es war nicht irgendein Code, William. Es war der schwierigste Code der Welt. Vermutlich hättet das nur Opa und du geschafft. Es ist nur eine Frage der Zeit, bis jemand uns findet.«

Seine Mutter blätterte weiter in dem Album. Das nächste Bild zeigte einen alten Messingkasten voller Zahnräder und Hebel. Unter dem Bild stand in Großvaters Handschrift: *Computer, Griechenland (Alter: undefinierbar).*

»Und noch etwas ...«, seine Mutter zögerte.

»Was denn?«, fragte William.

»Du weißt doch, dass Papa nicht darüber sprechen will, warum er im Rollstuhl sitzt ...«

William nickte.

»Aber du weißt, dass es ein Autounfall war?«, fragte seine Mutter weiter.

»Ja«, sagte William.

»Er war nicht allein im Auto.«

»Nicht allein?«

»Nein«, sagte seine Mutter. »Du warst bei ihm, William.«

»Ich?« William merkte, dass ihm ganz leicht schwindlig wurde.

»Du hast nur um Haaresbreite überlebt. Ich dachte, du müsstest sterben. Das haben damals die Ärzte gesagt. Dass du sterben würdest.« Seine Mutter wischte sich eine Träne aus dem Augenwinkel.

»Aber wie habe ich denn überlebt?«, fragte William mit zitternder Stimme.

Seine Mutter blickte in das Fotoalbum. Sie schwieg so lange, dass es William wie eine Ewigkeit vorkam.

»Opa war zu dem Zeitpunkt auf Forschungsreise im Ausland. Als er von dem Unfall erfuhr, kam er mit dem ersten Flugzeug nach Hause. Er saß wochenlang jede Nacht an deinem Bett ... und dann ging es dir plötzlich besser. Die Ärzte begriffen gar nichts mehr. Opa sagte, es sei ein Wunder.«

William versuchte, seine Gedanken in den Griff zu bekommen. War er dem Tod so nah gewesen? Und Opa hatte über ihn gewacht ... und dann war er plötzlich gesund geworden?

Er schaute wieder zu seiner Mutter hoch und sah, wie sie zitterte.

»Vor wem verstecken wir uns, Mama?«, fragte er. »Hat das etwas mit dem Unfall zu tun?«

»Ich weiß nicht, William«, sagte seine Mutter und stand auf.

»Aber ...?«, begann William und verstummte. Es war

deutlich, dass seine Mutter nicht weiter darüber sprechen wollte.

»Wir brechen morgen auf. Hier sind wir nicht mehr sicher.«

»Wohin gehen wir denn?«, fragte William.

»Weit weg«, sagte seine Mutter und verschwand durch die Bodenluke.

7

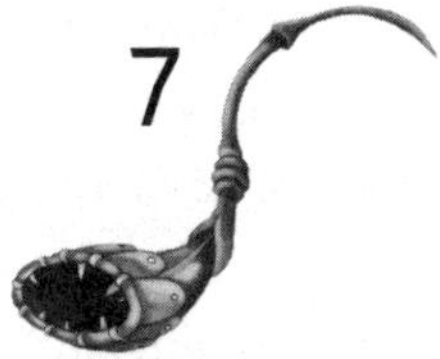

William lag angezogen auf dem Bett. Er schaute zur Decke hoch. Es war schon halb vier und er war immer noch hellwach. Er wusste, dass er nicht würde schlafen können. Viel zu viele Gedanken wirbelten durch seinen Kopf. Er dachte daran, was seine Mutter über den Unfall gesagt hatte und darüber, dass er fast gestorben wäre. Wie hatte er überlebt? Hatte das Verschwinden seines Großvaters etwas damit zu tun? William wünschte sich so sehr, dass sein Großvater jetzt bei ihm wäre. Aber das ging ja nicht. William bekam Bauchschmerzen, wenn er daran dachte, was im Museum passiert war. Jetzt wusste die ganze Welt, dass er die Unmöglichkeit gelöst hatte. Es war nur seine Schuld, dass sie wieder fliehen mussten.

Er hörte seine Eltern unten im Wohnzimmer. Sie packten das Nötigste zusammen. Sowie es hell wurde, würden sie losfahren.

William setzte sich im Bett auf und schaute sich im dunklen Zimmer um. War es hier drinnen kälter geworden? Er erhob sich und ging zum Fenster, blieb aber stehen, als er auf etwas Hartes trat. Er schaute nach unten und sah, dass etwas vor ihm auf dem Boden lag. Er ging in die Hocke. Es war ein

Käfer. Der lag auf dem Rücken und streckte die Beinchen in die Luft. William tippte ihn vorsichtig mit einem Finger an. Der Käfer reagierte nicht. William hob ihn hoch und legte ihn in seine Handfläche.

Dann ging er zum Schreibtisch und schob den Käfer vorsichtig auf die Tischplatte. Er zog eine Schublade auf und nahm ein Vergrößerungsglas heraus. Er starrte hindurch. Das hier war kein normaler Käfer. Er war aus winzigen Metallteilen zusammengesetzt, die von mikroskopisch kleinen Schrauben zusammengehalten wurden. Es war ein mechanischer Käfer! Und so ungefähr das Schönste und Ausgefeilteste, was er je gesehen hatte.

Wie war der Käfer hier hereingekommen? William schaute zum Fenster hinüber und entdeckte ein kleines Loch im Glas. Er fuhr zusammen, als der Käfer sich plötzlich ruckartig bewegte, sich umdrehte und wieder auf den Beinen landete. Dann glitt er über die Tischkante und auf den Boden. Dort blieb er stehen und sah William eine Weile an, ehe er wieder losrannte und im Zimmer umherlief. Er blieb stehen, als er unter dem Schreibtisch auf einen Bleistift stieß. Der Käfer schnappte sich den Bleistift, lief zurück zu William und legte den Bleistift vor ihm auf den Boden. Er verhielt sich wie ein verspielter Hund, der apportieren will. William lächelte und hob den Bleistift hoch.

»Willst du spielen?«

Der Käfer hüpfte auf dem Boden auf und ab. William warf den Bleistift. Der traf die Wand und landete dann auf dem Boden. Der Käfer rannte hin, hob den Bleistift auf und legte ihn abermals vor Williams Füße. William grinste beeindruckt.

»Wow, du bist aber schnell«, sagte er, dann hob er den Bleistift wieder hoch und warf ihn ein bisschen fester.

Der Bleistift traf den Türrahmen und landete draußen im Gang. Der Käfer sprang hinterher, kehrte diesmal aber nicht zurück. Er blieb draußen stehen und schaute sich zu William um.

»Komm«, sagte William.

Aber der Käfer kam nicht. Rastlos trat er auf dem Holzboden auf der Stelle. Er schien William auf den Gang hinauslocken zu wollen.

»Komm her!«, sagte William, doch als sich der Käfer nicht rührte, schlich er vorsichtig zu ihm hinüber.

»Brav, braaav«, sagte er mit ruhiger Stimme.

Er blieb vor dem Käfer stehen und ging langsam in die Hocke. Er streckte die Hand aus, aber ehe er zugreifen konnte, lief der Käfer durch den Gang und auf die Treppe zu.

»Nein, nein, nein«, flüsterte William und lief hinterher.

Der Käfer hielt vor der Treppe an und legte den Bleistift ab. William stand zwei Meter hinter ihm.

»Geh nicht nach unten«, bat er.

Aber der Käfer wartete nicht, sondern hüpfte die Treppe hinunter. William beugte sich vor und schaute in den dunklen Gang im Erdgeschoss. Wo war der Käfer geblieben?

Er hörte seine Eltern im Wohnzimmer leise reden. William schlich nun selbst die Treppe hinunter und beugte sich vorsichtig über das Geländer.

»Ich weiß nicht«, hörte er seinen Vater sagen. »Es kann immerhin doch ein Zufall sein. Aber ich glaube, wir dürfen kein Risiko eingehen.«

»Hast du mit dem Institut gesprochen?«, fragte seine Mutter.

»Ja. Die sind unterwegs«, sagte sein Vater. »Sie wussten natürlich schon, was im Museum passiert ist. Ich bin ziemlich sicher, dass sie die ganze Unmöglichkeitsausstellung organisiert haben.«

»Um ihn aufzuspüren?«, fragte seine Mutter.

»Es liegt ihm in den Genen. Sie wussten, dass es nur eine Frage der Zeit war, bis er anbeißen würde«, sagte sein Vater.

»Ihn nach England zurückschicken ... gibt es denn keine andere Möglichkeit?«, fragte seine Mutter.

»Es ist das Beste, ihn für eine Weile außer Landes zu schaffen. Wir dürfen kein Risiko eingehen. Das Institut ist für ihn im Moment bestimmt der sicherste Aufenthaltsort«, sagte sein Vater.

»Ich habe das alles so satt. Ich habe es satt, mich immer zu verstecken. Ich will mein altes Leben wiederhaben«, sagte seine Mutter mit tränenerstickter Stimme.

»Ich auch. Aber wir dürfen nichts riskieren«, sagte sein Vater noch einmal.

Ein Geräusch lenkte Williams Aufmerksamkeit ab. Er beugte sich noch weiter vor und schaute in den dunklen Gang hinab. Plötzlich entdeckte er einen großen Schatten, der sich an der Wand entlangbewegte und wieder verschwand. William wollte rufen, aber sein Vater kam ihm zuvor und brüllte aus voller Kehle: »WILLIAM! MACH, DASS DU WEGKOMMST! LAUF! LAUF!«

William blieb wie gelähmt auf der Treppe stehen. Dann hörte er seine Mutter aufschreien und seinen Vater noch einmal rufen: »LAUF! WILLIAM! LAUF!«

William drehte sich um und rannte die Treppe wieder hinauf. Er stürzte in sein Zimmer und zog die Tür hinter sich zu. Das ganze Haus bebte. Dann hörte er schwere Schritte auf der Treppe. Der Boden knackte und dröhnte, als die Schritte näher kamen. Sie hielten dicht vor seiner Tür inne.

William stand ganz still da. Hielt den Atem an. Horchte.

Nichts.

Nicht ein Laut.

Es war ganz still.

Zu still.

Dann stürzte William zum Fenster, und gleich darauf wurde die Tür hinter ihm zu Kleinholz zertrümmerte. Er riss das Fenster auf und ließ sich in die Dunkelheit fallen.

8

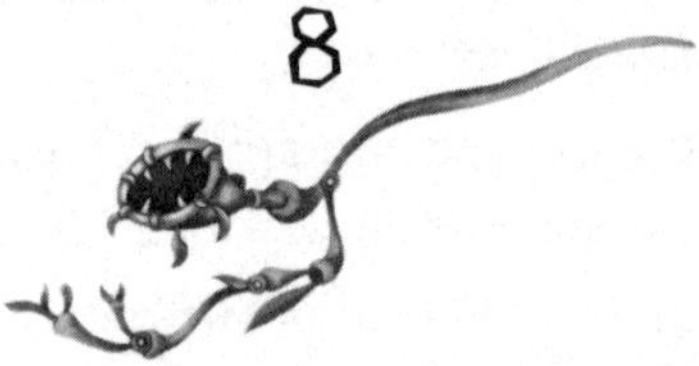

William landete schwer im kalten Schnee. Er kippte vornüber und fiel mit ausgebreiteten Armen zu Boden, ehe er wieder auf die Beine kam und auf Socken weiter durch den Garten lief. Er hatte jetzt nur einen Gedanken, nämlich Flucht.

Im Haus hinter ihm polterte und knackte es. Es klang, als ob gerade jemand Williams Zimmer zerlegte.

Zwei Sekunden darauf rannte William die verschneite Straße entlang. Er hörte, wie ein Fenster zerbrach und etwas Schweres im Garten landete. Dann explodierte hinter ihm der Gartenzaun.

Etwas verfolgte ihn. Etwas Großes.

William sprang in einen Garten. Er spielte mit dem Gedanken, bei einem Nachbarn anzuklopfen, entschied sich aber rasch dagegen. Er musste machen, dass er wegkam. Er stolperte weiter und lief nun durch eine Straße, in der er sich nicht auskannte. Seine Füße taten weh. Seine Lunge schmerzte, und es war nur eine Frage der Zeit, bis seine Beine schlappmachen würden. Er wusste nicht, wohin er lief. Nur, dass er weitermusste.

Plötzlich verschwand der Boden unter ihm. Er kullerte eine Böschung hinunter. Rappelte sich auf und schaute sich um, während er um Atem rang. Er stand am Rand eines weiten Feldes. Hier reichte ihm der Schnee bis zu den Knien. Er schaute sich um, konnte aber seine Verfolger nicht entdecken. War er entkommen?

William versuchte verzweifelt, seine Gedanken in den Griff zu bekommen. Er zitterte am ganzen Leib vor Kälte. Es schneite jetzt wieder. Große Schneeflocken rieselten vom düsteren Himmel.

William lief weiter über das Feld. Das Gehen fiel ihm in dem tiefen Schnee schwer. Er blieb vor einem hohen Maschendrahtzaun am Ende des Feldes stehen und lugte hindurch. Dahinter sah es aus wie ein stillgelegtes Industriegelände. Er kletterte über den Zaun und steuerte eine der baufälligen Werkhallen an.

Die Halle hatte keine Tür. William ging hinein. Rostiges Schmelzwasser tropfte von der Decke. In einer Ecke stand ein Lastwagen ohne Reifen. William ging auf zitternden Beinen bis zum Auto weiter und schaute hinein. Drückte auf den Türgriff, aber die Tür war abgeschlossen. Er schaute sich um und entdeckte auf dem Boden einen großen Schraubenschlüssel. Er schlug das Fenster ein, öffnete die Tür und kletterte in den Lastwagen.

Er fühlte sich wie gerädert und sein Kopf schien jeden Moment explodieren zu können. Jetzt musste er nur die Nacht hinter sich bringen, dann könnte er am nächsten Morgen Hilfe suchen. Als Erstes würde er versuchen müssen, seine Eltern zu finden. Ob sie sich auch gerettet hatten? Und der kleine Käfer ... der hatte ihn gerade noch warnen können.

Wo der wohl hergekommen war? Wer hätte denn ... William wurde aus seinen Gedanken gerissen, als er sah, dass sich draußen etwas bewegte. Er setzte sich auf und beugte sich zur Windschutzscheibe vor. Starrte dann einige Minuten lang in die Dunkelheit hinaus. Nichts. Nur große Schneeflocken, die draußen zu Boden rieselten. William ließ sich wieder auf dem Sitz zurücksinken.

Plötzlich schien genau über ihm eine Bombe hochzugehen. Die Explosion kam so plötzlich, dass William nicht mehr reagieren konnte. Ein Eisenbalken krachte mit solcher Wucht auf die Motorhaube, dass die Windschutzscheibe zersplitterte. Um den Lastwagen herum regnete es Metall und Wellblech.

Dann wurde alles wieder still.

William beugte sich vorsichtig vor und schaute hoch. Das ganze Dach war von der Halle gerissen worden. Aber es schneite zu sehr, als dass er hätte sehen können, ob dort draußen jemand war.

Dann bewegte sich vorn bei der Tür etwas. Zwei Gestalten betraten die Halle. Die eine trug etwas, das wie ein mit blauem Licht pulsierendes Gewehr aussah. Die Gestalt hob das Gewehr und zielte damit auf William, der sich hinter dem Steuerrad nach unten duckte.

Plötzlich donnerte eine riesige Eisenkralle auf die Motorhaube, packte den Lastwagen und riss ihn mit gewaltiger Kraft in die Luft. William schrie auf und klammerte sich ans Steuerrad. Als Letztes sah er einen blauen Strahl, der den Lastwagen traf. Dann wurde alles schwarz.

9

William lag auf etwas Weichem. Sein Körper wurde vorsichtig hin und her gewiegt. Ein leises Summen lockte ihn aus dem Schlaf. Was war denn nur passiert? Es war etwas mit Schnee ... mit Lärm und blauem Licht ... Langsam dämmerte ihm etwas. Und dann erinnerte er sich plötzlich an die verängstigte Stimme seines Vaters, der gerufen hatte: LAUF! WILLIAM! LAUF! Und an den kleinen Käfer, die Flucht und den Lastwagen ... William setzte sich auf und schaute sich um.

Er saß hinten in einem Auto, das in hohem Tempo über eine verlassene Autobahn jagte. William griff sich an den Kopf und bemerkte ein Pflaster auf seiner Stirn. Er untersuchte seinen restlichen Körper. Abgesehen davon, dass er sich ziemlich steif fühlte, war er offenbar unverletzt.

Er beugte sich vor und schaute durch die Trennscheibe. Vorn im Auto saßen zwei rothaarige Männer. Waren das die beiden Gestalten, die er in der Lagerhalle gesehen hatte? William spürte, wie Panik in ihm aufstieg. Wer waren sie? Was hatten sie mit ihm vor? Hatten er und seine Eltern sich in den vergangenen acht Jahren etwa vor diesen Menschen versteckt?

Er sah, wie ihn einer der beiden im Rückspiegel anstarrte. Der Mann musterte ihn aus zusammengekniffenen Augen, dann wandte er sich ab. William ließ sich vorsichtig auf dem Sitz zurücksinken. Wenn sie ihn hätten umbringen wollen, wäre er sicher schon tot. Hatten sie ihn stattdessen etwa vor dem gerettet, was ihn verfolgte? Er klopfte vorsichtig an die Trennscheibe. Die Männer reagierten nicht. Er klopfte noch ein paarmal, diesmal lauter.

»WER SEID IHR?«, rief er.

Aber die Männer drehten sich nicht um.

Plötzlich färbte sich die Glasscheibe vor ihm schwarz und eine schöne Frau mit dunklen Haaren und großen blauen Augen lächelte ihm freundlich zu.

»Willkommen, William Wenton«, sagte sie mit seidenweicher Stimme.

William starrte sie nur an.

Das konnte nicht stimmen.

William Wenton?

Zum ersten Mal hatte jemand seinen wirklichen Namen laut gesagt. Woher wusste die Frau, wie er hieß? William beugte sich vor und betrachtete das kristallklare Bild. Die Frau lächelte ihn mit kreideweißen Zähnen an.

»Ich heiße Malin, und es ist mir eine Freude, dich bei uns im Institut für Posthumane Forschung willkommen zu heißen«, sagte sie. »Bald werden wir den Flughafen Gardermoen erreichen, und von dort wirst du mit unserer Privatmaschine weiter nach Heathrow in England fliegen. Danach geht es dann weiter zum Institut, das in einer idyllischen

Landschaft gelegen ist. Im Flugzeug wirst du alles Weitere erfahren. Bis dahin wünsche ich dir noch eine gute Reise.«

»Danke«, murmelte William.

»Ich soll dich außerdem von deinen Eltern grüßen«, sagte nun Malin. »Die sind in sicherer Hut.«

In sicherer Hut, wiederholte William in Gedanken. Das bedeutete, dass seine Eltern noch lebten. Er weinte fast vor Erleichterung. Dann tauchten plötzlich seine Eltern auf dem Bildschirm auf. Sie saßen ebenfalls auf der Rückbank eines Autos wie desjenigen, in dem William unterwegs war.

»William ...«, begann seine Mutter und kämpfte mit den Tränen. »William, mein Lieber. So hatten wir uns das nicht gedacht. Ich bin so froh, dass dir nichts passiert ist.« Sie schluckte und wischte sich die Tränen ab. »Und bald werden wir wieder zusammen sein.«

Die Mutter sah den Vater an und nahm seine Hand.

»Wir hätten dir so vieles erzählen müssen, William. Aber wir dachten, es wäre das Beste, wenn du so wenig wie möglich wüsstest. Im Institut werden sie dir alles erklären«, sagte sein Vater und lächelte.

»Ich hab dich so lieb, mein Schatz«, sagte die Mutter.

»Ich euch auch«, flüsterte William, dann flackerte das Bild zweimal und verschwand.

William starrte die Glasscheibe an, als ob er darauf wartete, dass das Bild seiner Eltern zurückkehren würde. Aber das passierte nicht. Er dachte darüber nach, was sie gesagt hatten. Was in aller Welt war dieses Institut? Ob er die beiden Fahrer fragen sollte? Sie kamen sicher vom Institut, aber sie schienen nicht gerade von der redseligen Sorte zu sein. Es musste Geduld haben. William musste sich eben darauf verlassen, dass seine Eltern wussten, wovon sie redeten. Dass er in Sicherheit war und dass es auch ihnen gut ging. Er ließ sich wieder auf dem weichen Sitz zurücksinken und versuchte, ein bisschen zu entspannen. Er schaute auf die dunkle Landschaft, die draußen vorüberjagte.

Ein paar Stunden später fuhren sie auf einen abgesperrten Teil des Flughafens, wo ein großes glänzendes Passagierflugzeug auf sie wartete. Ein Mann in Pilotenuniform winkte ihnen zu, dann verschwand er im Cockpit. Der Wagen hielt direkt vor der Schnauze des Flugzeugs. Kurz darauf waren die elektrischen Motoren zu hören, während sich der Bug des Flugzeugs öffnete wie das Maul eines riesigen Hais. Und als das Maul sperrangelweit aufgerissen war, fuhr das Auto hinein.

10

William hatte die ganze Kabine für sich. Und es war nicht einfach eine normale Flugzeugkabine. Hier gab es keine engen Flugzeugsitze in Reihen hintereinander. Nur zwei große weiße Sofas mit einem niedrigen Tisch davor. William saß fest angeschnallt auf dem einen. Durch die Fenster konnte er tief unter sich die Wolkendecke sehen. Er saß einfach nur da und horchte. Es gab nichts als das leise Summen der Motoren. Alles um ihn herum war glänzend weiß. Er kam sich vor wie in einer Art Luxusraumschiff.

Er fuhr zusammen, als sich der Tisch vor ihm plötzlich teilte und zwischen den beiden Hälften ein Bildschirm hochfuhr. Ein blaues Logo mit der Aufschrift »Institut für Posthumane Forschung« tauchte auf dem Bildschirm auf. Das Logo drehte sich einige Male um sich selbst, dann verschwand es und Malin erschien.

»Willkommen an Bord, William Wenton. Wir vom Institut für Posthumane Forschung heißen dich herzlich als angehenden Kandidaten willkommen«, sagte sie mit angenehmer, wenn auch leicht monotoner Stimme. »Wir hoffen, dass du bisher eine gute Reise hattest. Bald wird dir ein kleiner Imbiss serviert. Hast du Fragen?«

»Kandidat …?«, begann William.

»Nachher wird einer unserer Informations-Oboter deine Fragen beantworten«, fiel sie ihm ins Wort. »Solange kannst du es dir bei einer virtuellen Führung durch das Institut gemütlich machen.«

Bilder eines riesigen weißen Gebäudes zogen vor ihm über den Bildschirm.

»Das Institut wurde 1967 gegründet und widmet sich seither unermüdlich seinen Forschungen zum Besten der Menschheit«, fuhr Malin fort.

Das ganze Gebäude war so weiß und blank wie das Flugzeug, in dem William saß. Die Mauern waren allerdings aus Stein und sahen sehr alt aus.

»Hier im Institut für Posthumane Forschung verschmelzen Vergangenheit und Zukunft zu einer harmonischen Einheit. Die Spezialität des Institutes ist die Forschung über Biotechnik und künstliche Intelligenz«, erzählte Malin jetzt. »Jedes Jahr nimmt das Institut eine Handvoll Kandidaten auf, die sich in den Fächern Codeknacken und Problemlösung hervorgetan haben. Als Kandidat bei uns am Institut für Posthumane Forschung kannst du alle unsere Einrichtungen nutzen. Wir stehen zu deinen Diensten, um deinen Aufenthalt so produktiv wie möglich werden zu lassen. Danke für deine Aufmerksamkeit.«

Dann wurde der Bildschirm schwarz und verschwand wieder im Tisch.

William fragte sich, was er da soeben gesehen hatte. Institut für Posthumane Forschung? Warum um alles in der

Welt war er unterwegs dorthin? Und was bedeutete es, ein Kandidat zu sein?

Er hörte, wie weiter vorn in der Kabine eine Tür aufglitt. Er beugte sich vor und sah einen Servierwagen auf sich zurollen. Der Servierwagen kam mit einem knirschenden Geräusch zum Stehen.

»Wir können grobe oder feine Baguettes anbieten, mit synthetischem Schinken oder synthetischem Tofu. Wenn du Durst hast, hast du die Wahl zwischen synthetischem Wasser, synthetischem Apfelsinensaft oder Marssaft«, sagte der Wagen mit metallischer Stimme.

William glotzte den Wagen an.

»Ja?«, fragte der Wagen ungeduldig.

»Äh, Baguette mit Schinken und Marssaft«, sagte William verdutzt.

»Gute Entscheidung. Um diese Tageszeit schmeckt der Marssaft am besten«, sagte der Wagen, während eine Klappe aufsprang und ein Roboterarm das Baguette und ein Glas mit einem lila Saft vor William auf den Tisch stellte.

»Guten Appetit«, sagte der Wagen. »Wenn du fertig bist, kommt ein Abfall-Oboter zum Aufräumen.«

Der Wagen pfiff, als er in hohem Tempo zurücksetzte.

»Aber?«, fragte William verwirrt.

»Später kommt ein Abfall-Oboter zum Aufräumen«, wiederholte der Wagen. »Aber lass dir Zeit. Keine Eile.« Dann verschwand er hinter der Tür.

William schüttelte genervt den Kopf und sah sich sein Essen an. Er hob das Baguette hoch und roch daran. Was um alles in der Welt war synthetischer Schinken? Und was war Marssaft?

Er biss vorsichtig ins Baguette und kaute. Der Schinken schmeckte genau wie normaler Schinken, nur besser. Er nahm noch einen Bissen. Und noch einen. Bald schlang er das Baguette nur so hinunter. Es musste das beste Baguette sein, das er jemals gegessen hatte.

Danach trank er einen Schluck Marssaft, der jetzt seine Farbe geändert hatte und rot war. Er schmeckte nach süßen Erdbeeren und Vanilleeis. Seltsam, dachte William und trank noch einen Schluck. Jetzt schmeckte er nach Apfelsine. Und nun entdeckte er, dass der Saft nicht mehr rot war, sondern orange.

Da öffnete sich die Tür wieder und der Wagen rollte abermals auf ihn zu.

»Abfall?«, fragte der Wagen höflich.

»Bist du nicht derselbe Wagen wie ...«

»Nein. Das bin ich nicht!«, protestierte der Wagen beleidigt, während eine mechanische Hand aus einer Klappe schnellte und sich den leeren Plastikbecher und die Serviette schnappte.

»Vielen Dank. Und weiterhin gute Reise«, sagte der Abfall-Oboter und setzte zurück.

»Aber ich wüsste gern ...«

»Bald wird dir ein Informations-Oboter alle Fragen beantworten«, sagte der Wagen und fuhr hinaus.

William lehnte sich ins Sofa zurück und schloss die Augen. Dann hörte er wieder, wie vorn in der Kabine die Tür geöffnet wurde. Wieder kam der Wagen zu ihm gefahren. Er blieb mit einem Ruck neben William stehen.

»Fragen?«, fragte er kurz.

»Ja. Bist du etwa Alles-in-einem-Wagen: Servieren, Abfall und Information?«, fragte William.

»Existenzielle Fragen musst du bei unserem Philosophie-Oboter zur Sprache bringen. Ich kann ihn nachher herschicken. Weitere Fragen?«

»Warum bin ich hier?«, fragte William.

»Äh ...«, sagte der Wagen und verstummte. Die kleinen Blinklichter erloschen. Es sah fast so aus, als ob er sich ausgeschaltet hätte. Oder einen Kurzschluss erlitten.

»Hallo?« William klopfte vorsichtig auf den Wagen. Die einzige Antwort, die er erhielt, war ein dumpfer metallischer Klang. Es war, wie auf einen leeren Toaster zu schlagen.

Der Wagen blieb stehen.

William schaute sich vorsichtig um.

Dann leuchteten die Lichter plötzlich wieder und der Wagen erwachte summend zum Leben.

»Entschuldige die Verspätung«, sagte er. »Deine Fragen werden beantwortet, sobald du im Hauptbüro angekommen bist.«

William sank leicht in sich zusammen. Er war zu müde, um sich mit einem Wagen zu streiten.

»Sonst noch etwas? Ich habe sehr viele Informationen über Luftfahrt, Müllverarbeitung und synthetische Ernährung.«

»Nein danke. Ich komm schon zurecht«, sagte William.

»Dann noch eine gute Reise. Wir sehen uns in einer Stunde und dreizehn Minuten«, sagte der Wagen und setzte zurück. »Schlaf gut.«

»Schlaf gut?«, wiederholte William.

Eine Luke in der Decke über ihm sprang auf und eine blanke Maske fiel heraus. Als er den Geruch wahrnahm, war es schon zu spät. Ihm fielen die Augen zu.

11

William fuhr aus dem Schlaf hoch und schaute sich erschrocken um. Er lag wieder auf der Rückbank des Autos, das gerade bremste und vor einer breiten Steintreppe anhielt. William blinzelte sich den Schlaf aus den Augen und setzte sich auf.

Er erkannte das Gebäude aus dem Video, das er im Flugzeug gesehen hatte. Aber in Wirklichkeit sah es noch größer aus. Plötzlich wurde an das Fenster geklopft und eine behandschuhte Hand winkte ihm herauszukommen. Die Tür glitt auf und William machte einen vorsichtigen Schritt nach draußen. Und stellte fest, dass irgendwer ihm neue Schuhe angezogen hatte.

»Willkommen, William Wenton«, sagte eine hochgewachsene dunkle Gestalt und machte eine tiefe Verbeugung.

William blieb stehen und sah den Mann an, und der erwiderte seinen Blick, ohne eine Miene zu verziehen. Er trug einen schwarzen Frack, ein weißes Hemd und eine blaue Halsbinde. Er sah ungeheuer vornehm aus.

»Ich bin Tim Bulter«, sagte er mit tonloser Stimme und richtete sich gerade auf.

»William«, sagte William und streckte die Hand aus.

»Das weiß ich«, sagte Bulter.

Sie tauschten einen kurzen Händedruck.

»Ich bin hier im Institut der oberste Butler«, sagte Bulter. »Wo ist es?«

»Wo ist was?«, fragte William.

»Dein Gepäck.«

»Äh. Ich hab kein Gepäck«, sagte William leicht verlegen und lächelte, wie um Entschuldigung zu bitten.

Bulter musterte ihn erschrocken.

»Du hast gar kein Gepäck?«, rief er. »Keine sauberen Unterhosen, Socken oder solche Dinge?«

William schüttelte den Kopf.

»Zahnbürste?«, fragte Bulter.

»Ich hatte es ein bisschen eilig«, sagte William und merkte, dass seine Wangen rot wurden.

»Na gut«, sagte der Butler. »Komm mit.«

William blieb stehen und sah zu, während Bulter den einen Handschuh auszog und die Hand vor einem kleinen roten Sensor in der Tür hin und her schwenkte. Bulter senkte die Hand und streifte den Handschuh wieder über, während die Tür zweimal kurz klickte und sich dann öffnete.

»Hereinspaziert«, sagte Bulter und ließ William den Vortritt.

William ging hinein, blieb aber stehen, als plötzlich jemand rief: »Aufpassen!«

Er schaute sich um, konnte jedoch nicht feststellen, woher die Stimme gekommen war. Etwas knallte so hart gegen seine Beine, dass er aus dem Gleichgewicht geriet und zu

Boden fiel. Danach setzte er sich benommen wieder auf und griff sich ans Schienbein.

»Du musst aufpassen!«, schimpfte Bulter hinter ihm.

»Entschuldigung«, sagte William und schaute auf.

Nun sah er, dass Bulter ihn gar nicht gemeint hatte. Er drohte einem kleinen elektrischen Staubsauger, der vor ihm auf dem Boden stand, mit dem Finger.

»Sorry, echt. Ich wollte ins Fernsehzimmer. Da gibt's gleich 'ne Wiederholung vom *Terminator«,* sagte der Staubsauger zu seiner Entschuldigung, während er ruhelos hin und her fuhr.

»Staubsauger haben nicht fernzusehen«, sagte Bulter. »Mach, dass du zurück in die Aufladestation kommst. Für morgen brauchst du allen Strom, den du kriegen kannst.«

»Na gut, von mir aus.« Der Staubsauger drehte und fuhr langsam zurück in die Richtung, aus der er gekommen war. »Sorry, Kumpel«, murmelte er William im Vorbeifahren zu.

»Verdammte Apparate«, schnaubte Bulter genervt und ging weiter.

William stand auf und schaute sich um. Sie befanden sich in einer großen Halle. Unter der Decke hing ein riesiger Kronleuchter. Vor ihm führte eine breite Treppe in den ersten Stock. Diese Treppe musste so breit sein wie eine vierspurige Autobahn, dachte William.

»Kommst du?«, rief Bulter.

William setzte sich in Bewegung, blieb aber wieder stehen, als er einen viereckigen Metallkasten mit kleinen dünnen Beinen die Treppe heruntertrippeln sah. Als der

Metallkasten die unterste Stufe erreicht hatte, machte er kehrt und stieg die Treppe wieder hoch.

»Was ist das denn?«, fragte William.

»Ein Treppen-Oboter«, antwortete Bulter gleichgültig.

»Und wozu wird der benutzt?«

»Zum Treppensteigen«, sagte Bulter. »Komm. Wir haben nicht den ganzen Tag.«

»Aber wozu ist denn ein Roboter gut, der nur Treppen steigen kann?«, fragte William und versuchte, auf dem Weg durch einen langen Gang mit Bulter Schritt zu halten.

»Das hier ist ein Forschungsinstitut. Hier ist fast alles im Experimentierstadium. Und sehr oft ist es total unbrauchbar.«

Bulter blieb vor einem hohen, flachen Roboter stehen, der bewegungslos an der Wand lehnte. Offenbar wollte dieser Roboter nicht gesehen werden.

»Nimm den hier, zum Beispiel«, sagte jetzt Bulter. »Das ist der Allerunbrauchbarste von allen. Ein Zank-Oboter«, fügte er mit verächtlicher Stimme hinzu.

»Das sind gemeine und boshafte Gerüchte«, sagte der Zank-Oboter schroff.

»Was macht ein Zank-Oboter?«, fragte William.

»Der zankt sich natürlich«, sagte Bulter und wollte weitergehen.

»Immer noch besser, als ein billiger Pinguin-Imitator im Frack zu sein«, gab der Zank-Oboter sofort zurück.

Bulter blieb stehen und drehte sich um.

»Was hast du gesagt?«

»Nichts«, sagte der Zank-Oboter. »Nur dass du ganz schön fett bist für einen so kleinen Kerl.«

Bulter trat ganz dicht vor den Zank-Oboter und knurrte durch zusammengebissene Zähne.

»Eines Tages, wenn du am wenigsten damit rechnest, werde ich deinen Stecker rausziehen.« Bulter grinste boshaft.

»Ich laufe mit Batterie«, sagte der Roboter.

»Blödsinn«, widersprach Bulter und zeigte auf ein Kabel, das neben dem Zank-Oboter in der Wand verschwand.

»Und was ist das da?«

»Das gehört zur Lampe«, sagte der Zank-Oboter und nickte zu einer Stehlampe neben ihm hinüber.

»Untersteh dich!«, sagte die Lampe.

Bulter schüttelte genervt den Kopf.

»Verstehst du, was ich mit unbrauchbar meine?«, murmelte er William zu und ging weiter durch den Gang. »Komm.«

William lief eilig hinter Bulter her und holte ihn ein, als sie an einem Stuhl vorbeikamen, auf dem ein kleiner runder Roboter seine langen dünnen Beine über den Sitzrand baumeln ließ.

»Das da ist wohl ein Sitz-Oboter«, sagte William zum Spaß.

»Du lernst schnell«, sagte Bulter. »Ich nenne ihn nur unseren kleinen Sitzsack. Da wären wir.«

Er blieb vor einer großen weißen Tür stehen. »Du kannst in der Bibliothek auf Herrn Goffman warten.«

Bulter bewegte seine Hand zweimal vor der Tür hin und her. Die Tür öffnete sich mit einem elektrischen *Schwupp.*

»Rein mit dir«, sagte Bulter. »Und nimm dich vor dem Bibliothekar in Acht. Der kann ab und zu ein bisschen ... äh ... unberechenbar sein.«

12

William schaute sich um. Wände und Decke waren aus blankem Stahl. Ebenso der Boden. Das Sofa in der Ecke sah aus, als ob dort noch nie jemand gesessen hätte. Und auf dem Schreibtisch vor ihm lag alles ordentlich zu rechten Winkeln aufgestapelt. Der Raum hatte überhaupt keine Ähnlichkeit mit einer Bibliothek.

»Herr Goffman ist gleich um die Ecke«, sagte eine heisere Stimme.

William drehte sich um, konnte aber niemanden sehen. Er blieb stehen und wartete. Ihm fiel wieder ein, dass der Butler ihn vor dem Bibliothekar gewarnt hatte.

»Herr Goffman ist gleich um die Ecke, habe ich gesagt«, wiederholte die Stimme.

»Das habe ich gehört ... aber, wo bist du?«

»Hier natürlich«, sagte die Stimme ein bisschen gereizt.

William hörte das Geräusch eines Motors. Aber er konnte noch immer niemanden sehen.

»Hinter dir«, sagte die Stimme.

William drehte sich um, und nun entdeckte er einen Roboter auf Rädern und mit vier langen Armen. Der Roboter funkelte ebenso wie die ganze Bibliothek. Er verschwamm dermaßen mit seiner Umgebung, dass er kaum zu erkennen war.

»Bist du der Bibliothekar?«

»Richtig«, sagte der Roboter. »Albert.«

»Aber wo sind alle ...«, begann William. Er sah sich um, konnte aber den Satz nicht beenden, denn einer von Alberts langen Metallarmen schoss nach vorn und stach ihm mit einer kleinen Nadel in den Finger.

»AU!«, rief William und riss seine Hand zurück. Er hob den Zeigefinger und sah einen kleinen roten Blutstropfen.

»Tut mir leid«, sagte Albert, während ein anderer Arm vorschoss und den Blutstropfen mit einer Pipette aufsaugte.

»Was machst du denn da?«, rief William und sah den Roboter entsetzt an.

»Nur eine kleine Blutprobe. Total ungefährlich«, sagte Albert und fuhr zur Seite. »So. Setz dich erst mal aufs Sofa. Hier hast du etwas zu lesen, während du wartest. Das ist hier ja schließlich eine Bibliothek.«

Albert reichte William ein Tablet. William zögerte kurz, dann nahm er es und setzte sich aufs Sofa. Er versuchte sich zu entspannen und schaute auf das Tablet, als plötzlich an seinen Haaren gerissen wurde.

»AU!«, rief er wieder und schaute den Roboter irritiert an.

Albert hielt ein dickes Büschel Haare in den Händen.

»Entschuldige«, sagte er und versteckte das Haarbüschel hinter seinem Rücken. »Nur eine ganz normale Haarprobe. Aber jetzt bin ich fertig, versprochen. Keine weiteren Proben mehr. Ganz bestimmt nicht.«

William lehnte sich auf dem Sofa zurück und schaltete das Tablet ein. Auf dem Bildschirm erschien eine Bücherliste. *Alternative Mathematik* hieß das erste Buch. Dann folgte *Pyramidentheorie und Mechanisches Origami*. William musste lächeln. Das Institut kam ihm wie ein Ort vor, an dem er sich wohlfühlen könnte.

»Vielleicht hast du schon einige davon gelesen«, sagte auf einmal eine Stimme hinter ihm.

William sprang vom Sofa auf und sah einen ungewöhnlich großen und dünnen Mann. Er trug einen schwarzen Anzug und stützte sich auf einen weißen Stock. Seine Haare waren kohlrabenschwarz. Er sah William aus tief liegenden dunklen Augen an.

»Hattest du eine angenehme Reise?«, fragte er.

»Ja«, stammelte William.

»Gut«, sagte der Mann und ließ seinen Blick zu Albert weiterwandern. »Hast du deine Aufgaben erledigt?«

»Ja«, sagte der Roboter und hielt ihm die Pipette und Williams Haarbüschel hin.

»Dann kannst du uns verlassen«, sagte der Mann.

Albert fuhr hinaus auf den Gang und die Tür glitt hinter ihm zu. Der große Mann wartete, bis die Tür geschlossen war, dann kam er auf William zu und streckte die Hand aus.

»Fritz Goffman«, sagte er. »Und Sitzen ist immer besser als Stehen«, fügte er hinzu und winkte William, sich wieder zu setzen.

»Du weißt nichts über mich. Aber ich weiß ziemlich viel über dich.« Goffman blickte William mit ernster Miene an.

»Warum bin ich hier?«, fragte William.

»Das ist eine lange Geschichte. Aber es ist zu deinem Besten. Du wirst nach und nach mehr erfahren. Im Moment musst du einfach Vertrauen zu mir haben. Ist das in Ordnung?«, fragte Goffman.

William musterte den großen dünnen Mann erst einmal forschend, ehe er nickte. »Im Video im Flugzeug haben sie etwas über Kandidaten gesagt«, fügte er hinzu. »Bin ich ein Kandidat?«

»Ich weiß, dass das alles etwas schnell gegangen ist. Du bist in erster Linie hier, weil du hier für den Moment am sichersten bist. Aber ich glaube, aus dir kann ein guter Kandidat werden«, sagte Goffman.

»Und wo sind meine Eltern?«

»Denen geht es gut und sie sind nicht in Gefahr, sie halten sich an einem geheimen Ort auf. Aber diesmal ging es wirklich um Haaresbreite.«

»Diesmal?«, fragte William.

»Ja. Das ist nicht der erste Versuch von Abraham Talley.«

Abraham Talley? William schluckte. »Wer ist Abraham Talley?«

Goffman sah ihn ernst an. »Ein sehr ... gefährlicher ... Mann«, sagte er leise.

»Sind wir seinetwegen nach Norwegen gegangen?«, fragte William.

Goffman zögerte einen Moment mit seiner Antwort. »Irgendwie schon, ja.«

»Aber warum hat er es auf uns abgesehen?«

Goffman beugte sich noch dichter zu William vor. »Er hat es nicht auf *euch* abgesehen.« Goffman schwieg einen Moment, ehe er wieder sprach. »Sondern nur auf dich.«

William erstarrte. »Nur auf mich?«

»Aber hier kann er dir nichts tun, William. Das Institut ist für dich im Moment der bei weitem sicherste Aufenthaltsort. Bis wir Tobias aufgespürt haben.«

Williams Herz machte einen Sprung. Tobias?

»Meinen Sie meinen Großvater?«, stammelte er.

»Ja. Tobias Wenton«, sagte Goffman.

»Haben Sie ihn gekannt?«

»Ja, ich habe ihn gut gekannt«, sagte Goffman lächelnd. »Er war einer der Gründer des Instituts.«

13

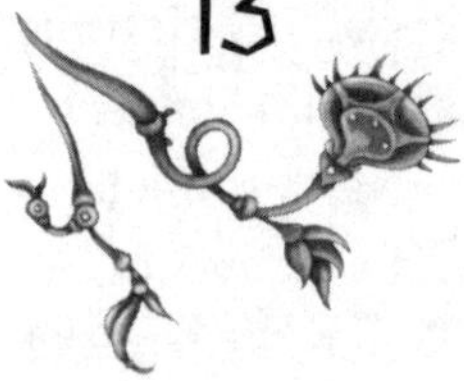

William lief neben Fritz Goffman her, als der mit langen Schritten durch den Gang eilte.

»Tobias Wenton war ... ist einer der besten Kryptologen der Welt«, sagte Goffman. »Du weißt doch, was ein Kryptologe ist?«

»Jemand, der Codes knacken kann«, antwortete William.

»Genau«, sagte Goffman lächelnd. »Das Institut ist seit seinem Verschwinden nicht mehr dasselbe.«

»Aber ...«, sagte William unsicher.

»Du hast sicher viele Fragen«, fiel ihm Goffman ins Wort. »Und ich werde sie nach besten Kräften beantworten. Aber das muss noch warten. Es ist spät und wir brauchen Schlaf. Dein Zimmer liegt eine Treppe höher im Ostflügel. Ich glaube, du wirst dich dort wohlfühlen.«

William entdeckte den Zank-Oboter. Er rechnete mit irgendeinem frechen Kommentar, aber es passierte nichts. Der Zank-Oboter verbeugte sich nur ehrerbietig, als sie vorüberkamen.

»Wie lange muss ich hierbleiben?«, fragte William.

»Solange die Gefahr besteht, dass Abraham Talley weiter nach dir sucht«, sagte Goffman. »Aber ich kann dir versprechen, dass du dich nicht langweilen wirst. Der Unterricht hier ist wie maßgeschneidert für solche wie dich. Du bist genau an den richtigen Ort gekommen.«

»Solche wie mich?«, fragte William. »Ich bin also ... Kandidat?«

»Wir werden sehen. Aber da du ohnehin eine Weile bei uns bleiben musst, kannst du dich auch nützlich machen«, sagte Goffman mit vielsagendem Lächeln und ging weiter die Treppe hoch.

Der Treppen-Oboter kam gerade herunter und stolperte bei dem verzweifelten Versuch, Goffman Platz zu machen. Sie gingen weiter durch einen Gang in einen der großen Seitenflügel und blieben vor einer roten Tür stehen, die sich mit einem *Schwupp* öffnete.

»Dein Zimmer ist nicht besonders groß, aber du hast alles, was du brauchst«, sagte Goffman und ließ William eintreten. »Morgen früh beginnt dein Privatunterricht bei Benjamin Slapperton. Er wird dir genauer erklären, womit wir uns hier im Institut beschäftigen. Er ist ein bisschen exzentrisch. Aber er gehört zu den besten Kryptologen, die wir haben, ja, abgesehen von deinem Großvater. Du wirst dich hier sehr wohlfühlen. Gute Nacht.«

Goffman verließ das Zimmer rückwärts und die Tür glitt ins Schloss. William sah sich um. Das Zimmer war spärlich möbliert: ein ordentlich gemachtes Bett mit karierter Decke und Kissen. Eine Kommode und ein Schreibtisch vor einem kleinen Fenster. William ging zum Bett und setzte sich darauf. Er dachte daran, was Goffman ihm erzählt hatte. War sein Großvater wirklich einer der Institutsgründer gewesen? Was machten die hier eigentlich? Und wieso war Goffman so sicher, dass William hier in Sicherheit sein würde?

William stand auf und ging zur Tür, um sich davon zu überzeugen, dass die richtig verschlossen war. Er rüttelte an der Klinke.

»Nach elf sind die Türen immer abgeschlossen«, sagte plötzlich eine Stimme bei der Tür.

William sprang erschrocken zurück.

»Hä?«

Er beugte sich weiter vor und entdeckte gleich oberhalb der Türklinke einen kleinen Lautsprecher.

»Du bist eine sprechende Tür?«, fragte er.

»Was heißt schon Tür«, sagte die Tür. »Das mache ich nur im Augenblick. In einem oder zwei Jahren habe ich bestimmt etwas anderes gefunden. Ich habe auch meinen Ehrgeiz.«

»Ehrgeiz?«, wiederholte William.

»Ja. Ehrgeiz«, erklärte die Tür. »Ich bin ein fantastischer Koch. Ich mache die beste Lasagne auf der Welt. Garantiert. Ich will Fernsehkoch werden.«

»Wie kannst du denn ohne Arme Lasagne machen?«, fragte William und trat einen Schritt zurück. Nach allem, was er im Institut bereits gesehen hatte, hätte es ihn nicht überrascht, wenn plötzlich zwei ausziehbare Metallarme aus der Tür geschnellt wären.

»Na gut. Du hast mich durchschaut. Das sollte bloß ein Witz sein. Ich bin eine sprechende Tür. Aber für einen Moment hab ich dich reingelegt«, sagte die Tür und lachte herzlich.

William lachte ebenfalls. Es tat ihm gut zu lachen, wie er merkte, und deshalb lachte er noch ein bisschen mehr.

»Ich weiß, dass ich danach nicht fragen darf«, sagte die Tür nach einer Weile. »Aber ich bin immer neugierig, wenn neue Leute ins Institut kommen.«

»Was möchtest du denn wissen?«, fragte William.

»Warum nehmen sie um diese Jahreszeit einen neuen Kandidaten auf?«, fragte die Tür.

»Vielleicht könntest du mir erst mal erklären, was ein Kandidat ist«, erwiderte William.

»Haben sie dir das nicht gesagt?«, fragte die Tür.

»Nein.«

Die Tür zögerte einen Moment.

»Ach, jetzt hab ich wohl zu viel gesagt«, meinte sie seufzend.

»Komm schon. Was ist ein Kandidat?«, fragte William.

Die Tür zögerte abermals.

»Na gut. Kandidaten sind Codeknacker ... oder eher angehende Codeknacker, um genau zu sein. So, jetzt habe ich es gesagt. Frag nicht weiter«, sagte die Tür. Es war deutlich, dass sie nicht mehr sagen wollte.

»Mein Großvater war Codeknacker«, sagte William.

»Oh«, sagte die Tür.

»Ich glaube, er hat hier am Institut gearbeitet«, sagte nun William.

»Wie hieß er?«, fragte die Tür.

William zögerte.

»Mach schon«, sagte die Tür ungeduldig. »Für ein Gespräch braucht man mindestens zwei. Ich erzähl dir was und du erzählst mir was.«

William schaute sich um, um sich davon zu überzeugen, dass er allein im Zimmer war. Dann beugte er sich zur Tür vor.

»Tobias Wenton«, sagte er.

Es war seltsam, den Namen seines Großvaters laut zu sagen. Wenn er als kleines Kind nach dem Schlafengehen unter der Decke gelegen hatte, hatte er den Namen manchmal geflüstert. Aber er hatte ihn niemals laut ausgesprochen. Er schaute die Tür an und wartete auf eine Reaktion, aber es war kein Laut zu hören.

»Hallo, bist du da?«, fragte William.

Keine Antwort. William klopfte vorsichtig auf den kleinen Lautsprecher.

»Bist du da?«

»Tobias Wenton?«, flüsterte die Tür. »Bist du sicher?«

»Ja, ganz sicher«, sagte William. »Hast du von ihm gehört?«

»Ob ich von ihm gehört habe?«, flüsterte die Tür. »Tobias Wenton ist der beste Kryptologe, den wir hier im Institut je hatten. Er hat viele Jahre in diesem Zimmer gewohnt.«

»Wirklich?«, fragte William überrascht.

»Ja. Aber er war oft auf Reisen. Ich habe mich immer auf seine Rückkehr gefreut. Er hatte so viele lustige Geschichten auf Lager. Wir waren sehr gute Freunde. Aber plötzlich ...«, sagte die Tür und verstummte.

»Ist er verschwunden«, ergänzte William.

»Stimmt. Und mit ihm ...« Der Lautsprecher knisterte. »Nein, ich habe genug gesagt«, sagte die Tür. »Sprich mit Herrn Goffman, wenn du mehr wissen willst.«

»Moment mal«, sagte William.

»Sprich mit Herrn Goffman«, wiederholte die Tür. »Die beiden waren in der Zeit vor seinem Verschwinden zwar nicht gerade Busenfreunde ...«

»Nicht?« William machte große Augen. »Aber ich dachte ... warum nicht?«

»Ich habe schon zu viel gesagt«, sagte die Tür noch einmal und verstummte.

William wartete. Dann klopfte er vorsichtig wieder an die Tür.

»Hallo?«, fragte er. Aber das Einzige, was antwortete, war der Wind, der draußen heulte. William drehte sich um und sah, wie der Schnee gegen das kleine Fenster peitschte.

Er ging hinüber und schaute hinaus in die Dunkelheit. Er fühlte sich noch immer nicht ganz sicher hier. Könnte dieses Fenster einem Angriff wie dem zu Hause standhalten?

14

»Klopf, klopf …«

William grunzte und zog sich die Decke über den Kopf.

»KLOPF, KLOPF!«

»Noch fünf Minuten, Mama«, murmelte er. »Nur fünf Minuten.«

»Ich bin nicht deine Mutter«, sagte die Tür leicht verlegen.

Jetzt wusste William plötzlich wieder, wo er war. Er erinnerte sich an den Flug, das Institut, Fritz Goffman und die sprechende Tür. Schnell setzte er sich im Bett auf. Blinzelte mit müden Augen in die Sonne, die durch das kleine Fenster schien und das ganze Zimmer in goldenes Licht tunkte.

»KLOPF, KLOPF!«, hörte er nun wieder von der Tür her.

William schaute auf die Uhr. »Warum nervst du so? Weißt du nicht, wie früh es noch ist?«

»Glaubst du, ich mach das aus Jux? Hier klopft wirklich jemand an. KLOPF, KLOPF, KLOPF!«, wurde wieder gerufen.

William schwang die Füße aus dem Bett.

»Wer ist da?«

»Wer da ist? Macht man nicht deshalb die Tür auf? Um zu sehen, wer dahintersteht?«, fragte die Tür.

William stand auf und stapfte über den kalten Steinboden. Er öffnete vorsichtig die Tür, steckte den Kopf hinaus und sah sich um.

Keine Menschenseele.

Roch er hier etwa Speck?

»Hier ist doch niemand«, sagte er.

»Schau nach unten, du Dussel.«

Auf dem Boden stand ein Tablett mit dampfend frischem Frühstück. Eier, Speck, Würstchen, Bohnen und Toast mit Butter. William bückte sich und hob das Tablett vorsichtig mit beiden Händen hoch. Er ging rückwärts zurück in sein Zimmer und schob die Tür mit einem Fuß zu, stellte das Tablett auf den Schreibtisch und setzte sich.

»Ist das hier synthetisch, wie das Essen im Flugzeug?«, fragte er und schaute zur Tür hinüber.

»Synthetisch durch und durch. Aber ebenso lecker und viel gesünder«, antwortete die Tür.

William spießte mit der Gabel ein dickes Stück Speck auf und steckte es sich in den Mund. Dann kostete er die Bohnen und das Spiegelei. Es schmeckte himmlisch. Ehe er sich's versah, war sein Teller leer.

»So ein leckeres Frühstück habe ich ewig nicht mehr gegessen«, murmelte er und trank einen Schluck Tee. William spürte, wie sich seine Kräfte langsam wieder einstellten.

Er war so in das köstliche Frühstück vertieft gewesen, dass ihm die fantastische Aussicht vor dem Fenster noch gar nicht aufgefallen war. William stellte die Teetasse weg, schob das Frühstückstablett zur Seite und stieg auf den Schreibtisch. Er presste die Nase gegen das kalte Glas.

Draußen zog sich ein verschneiter Park dahin, so weit das Auge reichte. Große Bäume, die sicher mehrere Hundert Jahre alt waren, und Statuen, Springbrunnen und kunstvoll beschnittene Sträucher. Mitten im Park gab es einen von Bänken und kleinen Pavillons umgebenen zugefrorenen See.

William entdeckte eine Wolke aus Schnee, die sich hinter einer Reihe von hohen Bäumen bewegte. Ein längliches Kettenfahrzeug tauchte auf und fuhr weiter durch den Garten. Die Maschine sah aus wie ein riesiger Staubsauger. Der Schnee verschwand in einer großen trompetenförmigen Öffnung und wurde in Form trockener Schneekristalle aus einem Schornstein auf dem Dach des Fahrzeugs wieder ausgespien. Die Schneekristalle funkelten im Sonnenschein, ehe sie sich in Luft auflösten.

Das Kettenfahrzeug passierte einen Mann, der einen riesigen Schneeball vor sich herrollte. Der Mann trug eine rote Strickmütze auf dem Kopf und einen breiten grünen Schal um den Hals. Er blieb bei einer Schneeburg stehen und schob den Schneeball auf deren eine Seite. Dann trat er ein paar Schritte zurück, stemmte stolz die Hände in die Hüften und betrachtete sein Werk. Ein kleiner viereckiger Roboter mit blauer Strickmütze tauchte hinter der Schneeburg auf und nickte zustimmend. Plötzlich schossen von den Füßen des Mannes blaue Flammen hoch und er hob ab und flog auf den kleinen Roboter zu. Unterwegs verlor er seine Mütze. Die Sonnenstrahlen ließen den blanken Metallkopf funkeln. Das war kein Mann, sondern noch ein Roboter.

William starrte fasziniert die beiden Roboter an, die immer neue Schneebälle formten.

Als die Schneewolke und das Kettenfahrzeug verschwunden waren, entdeckte William hinter den Bäumen ein riesiges Gewächshaus. Es schien so groß zu sein wie ein Fußballstadion. Hinter dem Glas konnte William grüne Büsche und Bäume sehen. Große rote Lampen leuchteten auf die Pflanzen herab, die ganz und gar vom Schnee befreit waren. Hier und dort konnte er die Umrisse von großen fliegenden Gestalten erkennen, die unter den Lampen kreisten. Er versuchte, das Fenster zu öffnen, um besser sehen zu können. Aber es war am Rahmen angefroren und ließ sich nicht bewegen.

»Klopf ... klopf ... KLOPF!«

William fuhr zusammen und sprang vom Schreibtisch.

»Wer ist da?«, fragte er.

»KLOPF ... KLOPF ... KLOPF«, schrie die Tür noch lauter. »Tut mir leid. Ich bin darauf programmiert, die Lautstärke im Verhältnis zum Klopfen zu steigern. Das ist garantiert Harriet. Sie hat es immer eilig und klopft so hart, dass ich noch Stunden später Kopfschmerzen habe. Beeil dich und mach auf, ehe sie es noch einmal tut.«

William lief zur Tür und öffnete. Vor ihm stand eine kleine Dame mit rötlichem Gesicht und grauem Rock, lila Bluse und einer großen Brille. Sie war so breit, wie sie hoch war, und sie hatte sich eine graue Aktentasche unter den Arm geklemmt. Sie winkte William zu, während sie auf ihren hohen Absätzen ruhelos von einem Fuß auf den anderen trat.

»Wir sind spät dran. Komm!«, sagte sie, dann machte sie kehrt und ging mit schnellen Schritten durch den Gang davon.

»Beeil dich«, sagte die Tür. »Sie wartet nicht.«

William zog seine Schuhe an und lief hinaus auf den Gang.

»Na los! Wir haben nicht den ganzen Tag Zeit!«, rief die kleine Frau. Sie hatte schon das Ende des Ganges erreicht und William musste rennen, um sie einzuholen.

»Ich heiße Harriet und soll dich zur Einführungsstunde bei Benjamin Slapperton bringen. Hast du schon von ihm gehört?«

William schüttelte den Kopf. »Nein. Nur seinen Namen.«

»Er ist ein bisschen seltsam«, sagte Harriet und sah William über den Brillenrand hinweg an. »Aber komm jetzt. Wir haben nicht viel Zeit.«

Sie bogen um eine Ecke und gingen dann eine enge Steintreppe hinunter. Auch auf der Treppe wurde Harriet nicht langsamer. Ihre kurzen Beine bewegten sich wie Trommelstöcke. William konnte nur mit Mühe mit ihr Schritt halten.

Harriet öffnete eine schwere Eichentür und nun standen sie hinter dem Gebäude. Danach gingen sie durch den großen verschneiten Park, den William von seinem Zimmer aus gesehen hatte. Die Morgensonne schien aus einem wolkenlosen Himmel und aus den Bäumen war das Gezwitscher von Vögeln zu hören. Harriet lief durch den Schnee, ohne ihr Tempo zu drosseln. William sah ihre hochhackigen Schuhe an, die über den glatten Boden stampften. Er begriff nicht, wie sie sich auf den Beinen halten konnte.

Dann entdeckte er das riesige Gewächshaus, das er von seinem Zimmer aus gesehen hatte. Es ragte über ihnen empor wie ein Berg. Über einer doppelten schmiedeeisernen Tür hing ein großes Schild mit der Aufschrift: »KYBERNETISCHER GARTEN. Das Füttern der Pflanzen ist verboten. Niveau 3.«

»Was ist das da?«, fragte William.

Harriet schaute auf. »Das wirst du noch früh genug erfahren.«

»Aber was bedeutet Niveau drei?«, beharrte er.

»Das bedeutet, dass es noch eine Weile dauert, bis du dort Zutritt hast«, sagte Harriet und wurde noch schneller. »Und darüber solltest du dich eigentlich freuen. Es ist ein schrecklicher Ort.«

William schaute sich nach dem Schild um, während sie weitereilten. Er wusste sehr gut, was »kybernetisch« bedeutete. Er hatte viele der Bücher seines Großvaters über Kybernetik gelesen. Es war die Lehre von hoch entwickelten technischen Systemen. Etwas, das man brauchte, wenn man zum Beispiel Roboter herstellte. William ließ seinen Blick zu den Pflanzen in dem großen Gewächshaus weiterwandern. Wenn ein Garten kybernetisch war, dann bedeutete das, dass er auf irgendeine Weise technisch war. William hätte sich das Gewächshaus gern genauer angesehen, aber das musste warten. Jetzt war es schwierig genug, die kleine Schnellläuferin vor ihm nicht aus den Augen zu verlieren.

»Komm schon. Wir haben nicht den ganzen Tag«, sagte Harriet wieder und rannte über den Schnee.

William lief hinterher, blieb aber abrupt stehen, als Harriet plötzlich im Nacken von einem Schneeball getroffen wurde. Sie heulte auf und blieb ebenfalls stehen.

»Was soll das denn?«, rief sie und starrte William wütend an, während sie sich den Schnee aus dem Nacken wischte.

»Ich war das nicht«, sagte William erschrocken.

»Unsinn, das warst ...«, begann Harriet, konnte aber nicht weiterreden, weil ein neuer Schneeball sie im Gesicht traf, so dass die riesige Brille ihr von der Nase rutschte und im Schnee landete.

William drehte sich in die Richtung, aus der die Schneebälle gekommen waren, und entdeckte die beiden Roboter, die ein Stück entfernt hinter der Schneeburg standen.

»Eines Tages schicke ich euch auf den Schrotthaufen«, fauchte Harriet, hob die Brille auf und wischte sich Schnee von den Gläsern.

Die Roboter wirkten nicht gerade beeindruckt von dieser Drohung. Der größere formte schon den nächsten Schneeball.

»Beeil dich!«, rief Harriet und rannte los. »Wir sind ohnehin schon zu spät!«

15

Sie blieben vor einem Steinhaus mit einem Kupferdach stehen. Dieses Gebäude sah noch älter aus als das Hauptgebäude. Über der Tür hing ein Schild, auf dem in goldenen Lettern »Orbatorium« stand. Die Tür wurde aufgerissen und ein Mann in einem weißen Kittel schaute heraus.

»Guten Morgen, Benjamin. Ich bringe William Wenton zur Einführung«, sagte Harriet und nickte zu William hinüber.

Benjamin Slapperton hielt sich die Hand über die Augen, um sie vor der grellen Sonne zu schützen.

Seine Haare waren zerzaust. Er blieb stehen und musterte William erst einmal.

»William Wenton?«, fragte er zum Schluss nachdenklich und beugte sich vor.

Dann packte er William am Pullover und zog ihn durch die Tür, die vor Harriets Nase zufiel. William konnte sie dahinter schimpfen hören.

»Nervige Frau«, sagte Slapperton und sah William an. »Findest du nicht?«

William wand sich ein bisschen. »Ich hab sie doch gerade erst zum ersten Mal gesehen.«

»Ja, stimmt. Du musst warten, bis du sie kennengelernt hast, dann kannst du anfangen, sie nicht leiden zu können«, sagte Slapperton und zeigte auf einen Stuhl, der vor einer großen grünen Tafel stand. »Du kannst dich dahin setzen.«

William schaute sich um. Das Zimmer war rund und das Dach darüber gebogen. An den Wänden ragten Regale voller mechanischer Geräte in allerlei Farben und Formen auf. In einer Ecke stand eine Dampfmaschine aus Messing, und unter der Decke hing ein mechanischer Adler. William zitterte am ganzen Leib vor Spannung. Er wusste, dass das hier mehr war als nur Mechanik. Das ganze Zimmer war voller mechanischer Codes. Codes, über die er in den Büchern seines Großvaters gelesen hatte. Codes, von denen er nie gedacht hätte, dass er sie jemals in Wirklichkeit sehen würde.

»Du siehst aus wie ein ganz normaler Junge«, sagte Slapperton und musterte William forschend. »Seltsam, dass ein Junge, der so normal aussieht, etwas so Unnormales wie die Unmöglichkeit gelöst hat!«

Slapperton kratzte sich den dunklen Schnurrbart, fuhr aber zusammen, als der ihm plötzlich auf die Schulter sprang.

»Nein, komm zurück«, rief er, während er vergeblich versuchte, den Schnurrbart zu fangen, der seine Jacke hinunterlief und dann auf den Schreibtisch hinüberhüpfte. Der Schnurrbart rannte im Zickzack durch das Chaos darauf. Slapperton schnappte sich eine Kaffeetasse und konnte sie endlich über den Schnurrbart stülpen.

»Hab dich!«, rief er und grinste von einem Ohr zum anderen, während er den zappelnden Schnurrbart hochhielt.

»Was sagst du dazu?«, fragte Slapperton zufrieden. »Hab ich selbst gemacht.«

William zögerte. »Was ist das?«

»Ein mechanischer Schnurrbart. Der kann manchmal sogar ein paar Erledigungen für mich übernehmen. Sehr praktisch, solange er sich gut benimmt, aber manchmal wird er ganz schön frech.«

Slapperton setzte sich den Schnurrbart wieder unter die Nase.

»Aber wo hab ich denn ... hmmmm ... eben hatte ich doch noch ...« Slapperton wühlte auf dem Schreibtisch herum. »Ich habe ihn doch hierhingelegt. Ah, da ist er ja«, sagte er und hob etwas auf, das William sofort erkannte.

»Der ist dir ja schon bekannt«, sagte Slapperton und hielt ihm einen länglichen Zylinder hin.

Es war kein Zweifel möglich. Das war die Unmöglichkeit.

»Ja.« William wurde rot. »Woher haben Sie den denn?«

»Den habe ich gemacht.« Slapperton lächelte stolz.

William setzte sich auf seinem Stuhl gerade hin.

»Aber ...«, stotterte er. Unzählige Gedanken wirbelten plötzlich durch seinen Kopf.

»Haben Sie die Unmöglichkeitsausstellung organisiert?«

»Jepp«, sagte Slapperton.

»Aber warum?«

»Um dich zu finden natürlich.« Slapperton sah die Unmöglichkeit an. »Wir wussten ja nicht, wo in aller Welt Tobias euch versteckt hatte. Also haben wir die Unmöglichkeitsausstellung auf Tournee geschickt. Es hat länger gedauert, euch zu finden, als geplant. Norwegen, du meine Güte. Wer hätte das gedacht? Aber am Ende hast du ja angebissen.«

William bekam es jetzt mit der Angst zu tun. Wenn sein Großvater nicht gewollt hatte, dass das Institut sie fand, dann war es vielleicht doch nicht so gut, dass er jetzt hier war?

»Ich weiß, was du denkst«, sagte Slapperton. »Du fragst dich, warum dein Großvater nicht wollte, dass wir dich finden, nicht wahr?«

William blickte zu Slapperton hoch und nickte.

»Tobias litt in der Zeit vor seinem Verschwinden fast ein bisschen an Verfolgungswahn. Er wollte wohl kein Risiko eingehen und deshalb hat er euch in Norwegen versteckt. Aber du hast viel von deinem Großvater geerbt, und ich wusste, du würdest der Versuchung nicht widerstehen können.«

»Aber warum?«, fragte William.

»Vor allem, weil wir denken, dass du hier sicherer bist«, sagte Slapperton und räusperte sich, »... und weil ich glaube, dass du uns helfen kannst, ihn zu finden.«

»Meinen Großvater finden?«, rief William.

»Ja«, sagte Slapperton und legte die Unmöglichkeit zurück auf den Schreibtisch. Dann zog er etwas aus der Jackentasche. Es war eine Kugel. Er hielt sie William hin. Die Kugel war etwa so groß wie ein Apfel und sie war bedeckt von seltsamen Zeichen.

»Alle Kandidaten bekommen so eine«, sagte Slapperton.

Jetzt hatte er es auch gesagt. Kandidat. William schaute fragend zu Slapperton auf.

»Tut mir leid. Ich vergesse immer wieder, dass du noch nicht viel über das Institut weißt. Die Kandidaten sind die Codeknacker der nächsten Generation. Alle haben besondere Fähigkeiten, und wir versuchen, die hier im Institut zu entwickeln. Wir haben sie fast alle auf dieselbe Weise gefunden wie dich. Nur nicht unter so dramatischen Umständen natürlich.«

»Haben die anderen Kandidaten auch Wettbewerbe gewonnen?«, fragte William.

»Ja. Im Moment haben wir hier sechs von euch. Die Anzahl kann sich ändern, aber viele sind es nie. Wir reden hier ja von außergewöhnlichen Begabungen. Und die gibt es nun mal nicht wie Sand am Meer. Du wirst die anderen morgen kennenlernen. Heute musst du dich erst mal mit deinem Orbis bekannt machen.« Slapperton legte William die Kugel in die Hand. Sie war kalt und schwer. Viel schwerer, als sie aussah.

»Orbis? Ist das ein O ... au!« William schaute die Kugel an und sah, dass ihn gerade eine winzige Nadel gestochen hatte. Die Nadel verschwand wieder in der Kugel.

»Kein Grund zur Besorgnis«, sagte Slapperton. »Er muss sich nur davon überzeugen, dass du der Richtige bist.«

»Der Richtige?«, wiederholte William.

»Die Orben sind immer nur einer bestimmten Person zugeordnet. Du erinnerst dich doch an die Proben, die wir bei deinem Eintreffen von dir genommen haben?«

William nickte.

»Dieser Orbis ist auf dich programmiert. Jetzt kennt er

deinen genetischen Code, und nur du kannst ihn benutzen. Und keine Angst, er wird dich nicht jedes Mal stechen, wenn du ihn anfasst«, sagte Slapperton mit vielsagendem Lächeln.

»Ein Orbis ist ein Schlüssel«, fügte er dann hinzu. »Aber nicht irgendein Schlüssel. Der Orbis ist vielmehr ein mechanisches Puzzlespiel, das zehn Niveaus umfasst. Während du die einzelnen Niveaus meisterst, wird der Orbis neue Eigenschaften annehmen. Und du bekommst Zugang zu neuen Teilen des Instituts«, sagte Slapperton.

William fiel ein, was auf dem Schild vor dem kybernetischen Garten gestanden hatte.

»Ich muss also auf Niveau drei gelangen, um das große Gewächshaus da draußen betreten zu dürfen?«, fragte er.

»Genau. Aber du musst dich mit Geduld wappnen. Es dauert oft Wochen, um das erste Niveau zu meistern.«

William sah wieder seinen Orbis an. Der wies allerlei Teile auf, die sich drehen und wenden ließen, genau wie bei der Unmöglichkeit. Eine leuchtende »0« blinkte blau in einem kleinen Display.

»Bedeutet das, dass ich ein Kandidat bin?«, fragte er.

»Wärst du das gern?«, fragte Slapperton zurück.

William strahlte. Das war fast zu schön, um wahr zu sein.

»Ja«, sagte er.

»Hervorragend!«, rief Slapperton und klatschte in die Hände. »Aber jetzt muss ich los.« Er schaute auf die Uhr und hatte es plötzlich eilig. »Du kannst hierbleiben und dich mit deinem Orbis bekannt machen. Du findest ja selbst zurück.« Slapperton raffte einen Stapel Papiere zusammen.

»Zieh nur hinter dir die Tür zu, wenn du gehst. Die hat ein Schnappschloss«, rief er und stolperte hinaus.

Damit war William allein. Er schloss die Augen und legte vorsichtig die Hände um den Orbis. Spürte sofort, wie es in seinem Bauch zu zittern begann. Ein warmes Gefühl wanderte sein Rückgrat hoch und weiter in seine Arme. Jetzt gab es nur noch ihn und die Kugel. Er öffnete die Augen wieder.

Die Symbole leuchteten jetzt. Und dann schienen sie sich von der Kugel zu lösen und abzuheben. Einige wurden kleiner, andere größer und leuchteten dazu kräftig in den unterschiedlichsten Farben. Und plötzlich ahnte William eine Art Muster. Seine Finger begannen, die kleinen Teile, die den Orbis zusammenhielten, zu drehen und zu wenden.

Dann fing der Orbis an zu vibrieren.

Das Vibrieren wurde immer stärker, bis es sich anfühlte, als würde der Orbis gleich zerspringen. William ließ ihn los und keuchte auf, als der Orbis vor ihm in der Luft hängen blieb. Er starrte die mechanische Kugel an. Im Innern des Orbis klickte es zweimal, dann drehte er sich ein wenig, wie um sich umzuschauen. Nun schoss ein blauer Strahl aus einem kleinen Loch im Metall. Der Strahl traf William mit einem leuchtend blauen Punkt mitten auf der Stirn, ehe er anfing, sich blitzschnell hin und her zu bewegen. Wollte er ihn scannen? Dann verschwand der Strahl so schnell, wie er aufgetaucht war. William streckte die Hand aus und tippte den Orbis vorsichtig mit dem Zeigefinger an. Der Orbis antwortete mit kurzen elektronischen Geräuschen, ehe er plötzlich Richtung Boden fiel. William fing ihn mit der Hand auf. Er schätzte sein Gewicht ab. Der Orbis kam ihm jetzt viel leichter vor. William schaute das kleine Display an. Die 0 war einer leuchtenden 1 gewichen.

William lächelte.

Er hatte das erste Niveau erreicht.

16

Eine Stunde darauf stand William vor dem eisernen Tor zum kybernetischen Garten. Er schaute auf den Orbis in seiner Hand hinunter. Die Ziffer 3 blinkte in dem kleinen Display. Niveau 3 zu erreichen, war überraschend leicht gewesen. Bei Niveau 2 war der Orbis gewachsen und so groß wie ein Wasserball geworden. Und als William Niveau 3 erreicht hatte, schrumpfte der Orbis auf die Größe einer Murmel zusammen.

William legte die Hand auf den kalten Stahl und versuchte, das Tor aufzuziehen, aber es war abgeschlossen.

»Das ist jetzt wohl dein Einsatz«, sagte er und hob den kleinen Orbis hoch.

Aber wie funktionierte der eigentlich? William dachte daran, was Slapperton gesagt hatte: dass der Orbis wie ein Schlüssel wirkte. Er ließ seinen Blick am Tor entlangwandern. Wenn der Orbis ein Schlüssel war, musste es doch irgendwo ein Schlüsselloch geben?

Seine Blicke blieben bei einer runden Vertiefung mitten im Tor hängen. In der Vertiefung entdeckte er ein kleines rundes Messingschild. William beugte sich vor, um besser sehen zu können. Ein kleiner Orbis und die Ziffer 3 waren in das Messing eingraviert. William hielt den Orbis vor die Vertiefung.

Aber nichts passierte.

Er hielt ihn etwas dichter davor. Und plötzlich wurde der Orbis aus seiner Hand gerissen und knallte mit einem lauten »Klank« gegen das Tor.

Dann fing er an, sich zu drehen, und ehe William überhaupt reagieren konnte, war vom Tor her ein knirschendes Geräusch zu hören und es öffnete sich langsam.

»Willkommen im kybernetischen Garten des Instituts«, sagte eine monotone Stimme. »Aus Sicherheitsgründen bitten wir dich, die gekennzeichneten Wege nicht zu verlassen. Und denke dran: Das Füttern der Pflanzen ist verboten. Wir wünschen einen angenehmen Aufenthalt.«

»Danke«, sagte William und steckte den Orbis zurück in die Tasche.

Der Garten war riesig. Hohe Palmen und üppige Bäume, so weit das Auge reichte. Er schaute auf. Bis zur Decke waren es mindestens hundert Meter. Große Vögel kreisten unter riesigen Wärmelampen. Er kam sich vor wie in einem Dschungel. Es war warm, überwältigend und ein bisschen unheimlich.

Ein gepflasterter Weg führte vor ihm zwischen den Bäumen weiter. William ging los. Nachdem er ein Wäldchen durchquert hatte, erreichte er eine Art Park und sah am Wegesrand einige große Käfige. William blieb bei einem davon stehen und schaute sich die grüne Pflanze hinter dem

Gitter an. Sie sah aus wie ein ganz normaler Kaktus. »Ferrum ictus« stand auf einem kleinen Messingschild.

»Ferrum ictus …«, sagte William laut vor sich hin und beugte sich vorsichtig näher. Er wusste, dass »ferrum« Latein war und »Eisen« bedeutete. Und »ictus« bedeutete »Biss«. Eisenbiss. Seltsamer Name für einen Kaktus, dachte er. Doch dann begriff er. Bestimmt hatte der Kaktus diesen Namen nicht ohne Grund bekommen. William wich gerade noch rechtzeitig zurück, ehe der Kaktus hervorschnellte und einen riesigen Rachen voller spitzer Stahlzähne aufriss. Der Kaktus schlug die Zähne in das Gitter, wie um einen Bissen herauszureißen.

»Woooo!«, rief William begeistert. Er blieb stehen und sah dem Kaktus zu, der mit dem Käfig kämpfte wie mit einer Beute. Schließlich ließ er los und fauchte William an.

»Ein kybernetischer Roboterkaktus«, sagte William laut zu sich selbst. »Spitze.«

Dann drehte er sich zu den anderen Käfigen um. Die meisten Pflanzen sahen ein bisschen seltsam aus. Einige hatten sogar hier und dort kleine blinkende Lämpchen. William ging weiter und las laut die Schilder vor, an denen er vorbeikam: »Toxic vegetabilis, Pulchra inferno, Homicidium plantate, Diabolus infernum«. Er blieb vor einer riesigen Schlingpflanze stehen, die zwischen zwei Bäumen hing. Sie sah aus wie ein überdimensionales grünes Spinnennetz. Die Pflanze bewegte sich langsam hin und her, als ob sie im Wind wehte. Aber hier drinnen war es total windstill. William beugte sich vor und musterte das Schild: »Viridi polypus«.

»Grüner Tintenfisch«, sagte er zu sich.

Er trat zwei Schritte zurück. Dort blieb er stehen und starrte die Schlingpflanze an, er wartete darauf, dass etwas passierte. Im selben Moment hörte er gleich über sich einen ohrenbetäubenden Schrei.

Er schaute erschrocken auf und sah den großen blanken Schnabel eines gigantischen Vogels, der im Sturzflug auf ihn zukam.

Aber noch ehe William sich zu Boden werfen konnte, schoss die Schlingpflanze hoch und riss den großen Vogel mit einem Dutzend langer Fangarme an sich. Der Vogel schrie und schlug mit seinen gewaltigen Flügeln, aber er war zwischen den grünen Tentakeln gefangen. William taumelte rückwärts, ohne den verzweifelt gegen die gierige Pflanze kämpfenden Vogel aus den Augen zu lassen. Der grüne Tintenfisch stopfte sich den kreischenden Vogel in seinen riesigen dunklen Schlund. Nachdem die Pflanze gekaut und geschluckt hatte, rülpste sie laut und würgte Federn und Metallreste hervor, um sie dann auf den Boden zu spucken.

William fand es an der Zeit, von hier zu verschwinden.

Er hielt Ausschau nach dem Ausgang. Er war so fasziniert von den vielen Pflanzen gewesen, dass er ganz vergessen hatte, auf die Richtung zu achten. Er ging zuerst den Weg zurück, den er gerade gekommen war. Aber jetzt hatte er das Gefühl, dass alle Pflanzen sich mit hungrigen, metallischen Schlünden voller spitzer Zähne nach ihm ausstreckten.

Er wurde schneller.

Eine große Sonnenblume drehte sich zu ihm um und

knurrte. William sprang zur Seite und stolperte über einen niedrigen Zaun, der den Weg von einer großen Rasenfläche trennte. »BETRETEN VERBOTEN!« stand in schwarzen Buchstaben auf einem Schild. William entdeckte das große schmiedeeiserne Tor auf der anderen Seite des Rasens. Er schaute sich um, dann sprang er über den Zaun und nahm die Beine in die Hand.

Erst nach einigen Sekunden ging ihm auf, dass er gar nicht vorwärtskam. Er versuchte schneller zu rennen, bewegte sich aber noch immer nicht von der Stelle. William schaute nach unten und sah, dass sich das Gras unter ihm rückwärts bewegte. Jeder einzelne Grashalm schob ihn in die Richtung, in die er gar nicht laufen wollte.

William blieb stehen.

Er spürte, wie seine Panik wuchs. Das hier war kein normales Gras. Er drehte sich um und ging vorsichtig zurück zum Zaun. Aber das Gras bewegte sich wieder in die Gegenrichtung, und er trat weiterhin auf der Stelle. William schaute sich hilflos um.

Dann verschwanden plötzlich seine Füße unter ihm. Die Luft wurde aus seiner Lunge gepresst, als er auf den Boden aufschlug. William lag da und rang um Atem. Er versuchte, wieder auf die Beine zu kommen, aber egal, wie sehr er sich auch bemühte, immer rutschten Arme und Beine unter ihm weg.

Dann fing das Gras an, in eine bestimmte Richtung zu wandern. Er hatte das Gefühl, von Tausenden von winzigen Ameisen getragen zu werden. Plötzlich entdeckte er ein

Loch, das sich mitten im Rasen geöffnet hatte. Es gurgelte und gluckste darin, und ein grauenhafter Gestank stieg hinter einigen großen Stahlzähnen aus der Dunkelheit auf.

»HILFE!«, schrie William aus voller Kehle.

Er starrte verzweifelt den riesigen Schlund an, der immer näher zu kommen schien. Er schloss die Augen und schlug die Hände vors Gesicht. Jetzt war er nur noch Zentimeter von den Stahlzähnen entfernt. Dann hörte das Gras plötzlich auf, sich zu bewegen.

Bin ich jetzt tot?, fragte er sich. William wagte nicht, die Augen zu öffnen. Er blieb liegen und wartete darauf, dass das Gras sich wieder in Bewegung setzte. So dicht vor dem riesigen Schlund war der Gestank überwältigend.

»Das hat einen Knopf zum Ausschalten«, sagte eine Stimme ein Stück weiter weg.

William öffnete die Augen und sah sich um. Er lag gleich neben dem klaffenden Loch. Sein eines Hosenbein hing an einem Stahlzahn fest. Der Stoff riss, als er das Bein wegzog. William kam auf die Beine und entdeckte eine Gestalt, die hinter dem Zaun auf dem Weg stand.

Es war ein Mädchen. Sie hatte dunkle Haare, die zu einem langen Zopf geflochten über ihrer Schulter hingen. Sie hielt einen Stapel Bücher in der Hand.

»Jede Maschine hat einen Knopf zum Ausschalten. Wenn du das nächste Mal fast gefressen wirst, solltest du danach Ausschau halten«, sagte sie ernst und zeigte auf einen großen roten Knopf mit einer Schalttafel, auf der EIN/AUS stand.

William versuchte ein Lächeln. »Danke.«

Sie drehte sich um und wollte gehen.

»Warte!«, rief William und lief hinter ihr her.

Das Mädchen blieb stehen und sah ihn fragend an.

William sprang über den niedrigen Zaun, stolperte aber und wäre fast erneut hingefallen. Mit unsicheren Schritten kam er wieder ins Gleichgewicht.

»Danke dafür, dass du das da ausgeschaltet hast«, begann er und zeigte auf das klaffende Loch im Rasen.

»Cibum tritor«, sagte sie trocken.

»Was?«

»Das bedeutet Fleischwolf. Nicht gerade originell, finde ich. Aber Originalität ist ja genau das, was den meisten von diesen albernen Maschinen fehlt«, sagte sie und musterte die Pflanzen in ihrer Nähe verächtlich.

»Wie heißt du?«, fragte William.

»Iscia« antwortete das Mädchen.

»Wie die Insel bei Neapel?«

Sie nickte. »Nur ohne h.«

Sie blieben eine Weile stehen und sahen einander an.

»Was ist das alles hier?«, fragte William und schaute sich um.

»Experimente natürlich. Wie alle anderen Dinger, mit denen das Institut vollgestopft ist«, sagte Iscia.

»Du schwärmst offenbar nicht gerade für Roboter«, sagte William. »Bist du hier Kandidatin?«

»Du fragst zu viel«, sagte Iscia. »Wie bist du eigentlich hier reingekommen?«

»Damit«, sagte William und zog seinen Orbis aus der Tasche.

»Damit?«, rief Iscia.

»Ja«, sagte William.

»Wann hast du den gekriegt?«

»Heute.«

»Aber du bist doch nicht schon auf Niveau drei angekommen?«

William merkte, dass er rot wurde. Er senkte den Blick.

»Du hast hier aber nichts zu suchen. Außer mir kommt nie jemand hierher«, sagte Iscia.

Damit machte sie kehrt und ging mit energischen Schritten davon. William stand einfach da und schaute ihr hinterher, bis sie hinter zwei knurrenden Rosenbüschen verschwunden war.

17

William sprang aus dem Bett und trippelte über den kalten Fußboden. Er öffnete die Tür und erwartete ein ebenso köstliches Frühstück wie am Vortag. Groß war seine Überraschung, als draußen nur ein braunes Päckchen lag.

»Worauf wartest du?«, fragte die Tür. »Das musst du aufmachen. Heute ist ein großer Tag.«

William hob das Päckchen hoch und seine Enttäuschung wuchs noch, als er merkte, dass es weich war, als ob es nur Kleidungsstücke enthielte. Er ging zurück zum Bett und setzte sich. Eine kleine handgeschriebene Karte war unter den straffen Bindfaden geschoben. Er zog die Karte heraus und las: »Sei um Punkt 7 im Speisesaal.«

William merkte plötzlich, dass er sich trotzdem freute. Sicher würde er heute die anderen Kandidaten kennenlernen. Und Iscia wiedersehen. Er öffnete das Päckchen und schaute hinein.

Es enthielt wirklich Kleider.

William stand auf und legte die Kleidungsstücke nebeneinander auf das Bett: eine graue Tweedjacke, ein Hemd und einen hellgrünen Pullunder, eine lila Fliege, eine blaue Hose und ein Paar schwarze Schuhe.

Einige Minuten darauf stand er vor dem Spiegel und betrachtete sich. Die Jacke war ein bisschen zu groß. Und die Hose vielleicht ein bisschen zu lang.

Er sah anders aus.

Viel zu ordentlich.

William zerzauste sich die Haare.

Das half nichts.

Er öffnete den obersten Hemdknopf und lockerte die Fliege ein bisschen.

Das half ein wenig.

Er entdeckte ein kleines Stück Leder, das außen auf der Brusttasche angenäht war. Er trat näher an den Spiegel heran und schaute es sich genauer an. Es war das Bild eines Orbis. Er nahm seinen Orbis vom Nachttisch und steckte ihn in die Tasche. Er passte genau hinein.

»Viel Glück, William«, sagte die Tür.

William ging auf die Treppe zu. Aus irgendeinem Grund blieb er stehen. Er drehte sich um. Weiter hinten auf dem Gang stand eine alte Frau hinter einem Putzwagen. Sie sah ihn an, ohne zu grüßen. Ein kleiner Kolibri saß auf ihrer Schulter. William nickte ihr zu und ging dann weiter. Schaute sich noch ein letztes Mal um, ehe er die Treppe betrat. Die alte Frau war verschwunden.

William blieb in der Tür zum großen Speisesaal stehen. Dort saßen sicher mehr als hundert Menschen. Die meisten waren erwachsen. Manche trugen weiße Kittel, andere waren im Anzug. Allerlei Roboter rannten zwischen den runden

Tischen hin und her. Sie servierten und räumten in hohem Tempo ab.

»William Wenton?«

William schaute sich um und entdeckte einen großen dünnen Roboter in einem schwarzen Anzug, der auf vier kleinen Rädern auf ihn zugerollt kam.

»Ja«, antwortete William.

»Komm mit«, sagte der Roboter, ehe er wendete und weiter in den Saal hineinfuhr.

William schluckte und suchte sich einen Weg zwischen den Tischen. Einige Erwachsene schauten von ihren Tellern auf und nickten. William nickte zurück.

»William«, hörte er hinter sich jemanden sagen.

Er drehte sich um und sah Benjamin Slapperton, der allein an einem Tisch saß und ihm winkte. »Ihr kommt nach dem Frühstück zu mir. Dann reden wir weiter«, sagte Slapperton.

William nickte kurz und folgte dann weiter dem Servier-Oboter.

»Bitte sehr. Hier ist dein Platz.« Der Roboter zeigte mit einem dünnen Arm auf einen Tisch, an dem Iscia mit fünf anderen zusammensaß.

Alle schienen ungefähr in Williams Alter zu sein. Sie trugen die gleiche Uniform wie er. William fand nicht, dass sie besonders intelligent aussahen. Sie wirkten eigentlich ganz normal. Sie hätten in seine Klasse zu Hause in Norwegen gehen können. Er grüßte höflich. Sie nickten, sagten aber nichts.

William setzte sich. Iscia lugte zu ihm hinüber. Er lächelte sie an, aber sie aß einfach weiter.

War sie sauer wegen gestern? Weil er auf dem gleichen Niveau war wie sie? Oder weil er in ihr Reich eingedrungen war?

Sollte sie mit den blöden Pflanzen und dem schrecklichen Garten doch machen, was sie wollte.

18

»Das ist ja wie verhext«, stöhnte Slapperton. »Die steckt total fest.«

Er stand auf einer Trittleiter und schlug mit dem Zeigestock gegen eine der aufgerollten Schautafeln, die von der Decke hingen.

Die kleine Gruppe Kandidaten saß auf ihren Stühlen und schaute ungeduldig zu Slapperton hoch. Der richtete sich auf der bedrohlich schwankenden Trittleiter gerade auf. Dann riss er an der Schautafel, und die löste sich mit einem Ruck. Die Trittleiter kippte um, und Slapperton zog die Schautafel herunter, während er rückwärtsfiel und auf dem Rücken auf dem Schreibtisch landete. Er sprang auf und grinste triumphierend.

»Na also, wer sagt's denn! Alles geht, wenn man nur nicht aufgibt!«, rief er zufrieden und sprang vom Schreibtisch herunter.

»Heute ist ein besonderer Tag, Leute. Wir haben nämlich einen neuen Kandidaten unter uns. Also, heißt William Wenton freundlich willkommen.« Slapperton zeigte auf William und lächelte. »Er ist den ganzen Weg aus Norwegen hergekommen.«

»Norwegen?«, rief einer der anderen Jungen.

Irgendwer lachte.

»Hast du deinen Orbis mitgebracht?«, fragte Slapperton, ohne darauf zu achten.

William nickte.

»Hast du gestern schon etwas geschafft?«

William zögerte. Er lugte verstohlen zu den anderen hinüber.

»Mach dir keine Gedanken. Viele finden das erste Niveau am schwierigsten.«

William nickte.

»Er ist auf Niveau drei«, sagte jemand in der hintersten Reihe trocken. William schaute sich über seine Schulter um. Es war Iscia.

Die anderen schnappten nach Luft. Slapperton erlitt einen heftigen Hustenanfall.

»Niveau drei?«, würgte er hervor.

Alle starrten William an.

»Zeig mal!«, Slapperton kam auf ihn zu.

William zog den Orbis aus der Brusttasche und hielt ihn dem Lehrer hin. Slapperton riss ihn an sich. Dann ging er zurück zum Pult. Er murmelte etwas, während er den Orbis drehte und wendete. Er kratzte sich am Kopf und blieb mit dem Rücken zur Klasse stehen. Nachdem er eine gefühlte Ewigkeit so gestanden hatte, drehte er sich wieder um und musterte William aus zusammengekniffenen Augen. William war sicher, dass diese Sache Folgen haben würde. Dass er irgendeine Regel gebrochen hatte und dass sie ihm den

Orbis wieder abnehmen würden. Oder ihn aus der Gruppe werfen.

»Wie hast du das geschafft ...?« Slapperton zeigte auf den Orbis.

William gab keine Antwort.

Slapperton ließ seinen Blick über den Rest der Gruppe wandern.

»Wie viele von euch sind auf Niveau drei?«, fragte er und hob Williams Orbis hoch.

Niemand antwortete.

»Wie viele?«, fragte er noch einmal.

Iscia hob die Hand.

»Sonst niemand?«, fragte Slapperton. »Freddy?«

Slapperton zeigte auf einen hochgewachsenen Jungen mit braunen Locken. Freddy schüttelte den Kopf und schielte verdrossen zu William hinüber.

»Das ist wirklich außergewöhnlich, William«, sagte Slapperton und gab ihm den Orbis zurück. William steckte ihn ganz schnell wieder in die Tasche.

»Wir haben hier im Institut viele begabte Kandidaten. Aber das hier ...«, sagte nun Slapperton und zog eine weiße Fernbedienung aus der Tasche. Er blieb stehen und starrte William lange an, dann tippte er sich mit der Fernbedienung gegen den Kopf und fügte hinzu: »Historische Technologie, Leute. Darüber werden wir heute mehr erfahren. Wie weit waren wir gekommen?«

William sah zu den anderen hinüber. Freddy blickte ihn noch immer böse an.

»Die ägyptischen Batterien«, sagte Iscia.

»Die ägyptischen Batterien, ja. Und Lampen, die schon vor viereinhalbtausend Jahren mit Strom betrieben wurden.« Slapperton richtete die Fernbedienung auf das Schaubild.

»Und so sahen sie aus«, fügte er hinzu, als das Bild eines Tonkruges auftauchte. »Sie sind wie moderne Batterien aufgebaut. Ziemlich schlicht eigentlich.«

Slapperton drückte wieder auf die Fernbedienung. Der Tonkrug verschwand und wurde durch einen Korb voller Kartoffeln ersetzt.

»Wie viele Kartoffeln braucht man, um eine Glühbirne aufleuchten zu lassen?«, fragte er und schaute sich im Raum um. »Und nein, das ist kein Glühbirnenwitz«, fügte er hinzu und lächelte.

Iscia zeigte auf.

»Sonst jemand?«, fragte Slapperton.

»Zwei«, sagte William.

Iscia warf ihm einen verärgerten Blick zu.

»Jepp. Zwei Kartoffeln enthalten genug Strom, um eine Glühbirne zum Leuchten zu bringen.« Slapperton steckte die Fernbedienung wieder in die Tasche und sprang vor das Pult. Er hob zwei Kisten hoch. Die eine war mit Kartoffeln gefüllt, die andere mit Glühbirnen und Leitungen.

»Und jetzt werden wir sehen, ob das klappt.«

William schaute auf seinen Tisch. Er hatte weniger als eine Minute gebraucht, um die Kartoffellampe zusammenzusetzen.

»Hervorragend, William«, hörte er Slapperton sagen. »Und jetzt, wo du fertig bist, kannst du den anderen vielleicht helfen?«

William merkte, dass er rot wurde. Er hatte eigentlich keine Lust, den anderen irgendetwas zu zeigen. Er schaute sich um. Einige musterten ihn verärgert, andere tuschelten. Typisch, dachte William. Schon mache ich mich hier wieder unbeliebt.

»Einen kleinen Moment noch, William«, rief Slapperton, als die Stunde zu Ende war und alle zur Tür strömten. »Kannst du mal kurz warten?«

William blieb stehen. Freddy stieß ihn auf dem Weg hinaus an.

»Entschuldigung«, sagte William.

»Blödmann«, sagte Freddy.

»Mach die Tür zu und komm her«, sagte Slapperton. Er ließ William nicht aus den Augen und schien ihm etwas erzählen zu wollen. Und er schien noch abzuwägen, ob er das wirklich tun sollte oder nicht.

»Ich habe deinen Großvater ziemlich gut gekannt«, sagte er schließlich.

William wartete ab.

»Wir waren bis zu seinem Verschwinden gute Freunde. Wir waren auf der ganzen Welt zusammen bei Grabungen. Ich sollte dir das vielleicht nicht erzählen ...« Slapperton zögerte.

»Mir was erzählen?« William wurde jetzt ungeduldig.

Slapperton schaute sich um und beugte sich vor. Dann flüsterte er:

»Hast du schon mal von Luridium gehört?«

19

Professor Slapperton ging zu einem Regal mit Reagenzgläsern. Er tippte eins davon mit dem Zeigefinger an und schob es zwei Zentimeter nach hinten. Das machte er dann auch mit einigen anderen Reagenzgläsern und trat einen Schritt zurück. Es klirrte leise, als das Regal zur Seite schwang und einen dunklen Gang zeigte.

»Komm. Ich möchte dir etwas zeigen«, sagte Slapperton und verschwand in der Dunkelheit.

Der Gang war gerade so hoch, dass der Professor aufrecht stehen konnte. William ging hinter ihm her.

»Wo gehen wir hin?«, fragte er.

Slapperton zog eine kleine Taschenlampe aus der Kitteltasche und schaltete sie ein.

»Hier runter«, sagte er und ging zwei steile Treppen am Ende des Ganges hinunter. Es roch muffig und vermodert, und die Wände waren glitschig und grün bewachsen.

»Das Institut ist auf den Grundmauern einer alten Burg errichtet«, sagte Slapperton.

William schauderte es. Er stand überhaupt nicht auf dunkle, enge Gänge. Aber wenn er so mehr über seinen

Großvater erfahren könnte, müsste er eben die Zähne zusammenbeißen.

»Gleich sind wir da«, flüsterte Slapperton, als er vor einer alten Tür stehen blieb.

Die Tür öffnete sich mit einem dumpfen Dröhnen. Slapperton drehte sich zu William um und musterte ihn mit ernster Miene.

»Du musst mir versprechen, niemandem etwas darüber zu erzählen, was du hier drinnen siehst. Es ist eines der bestgehüteten Geheimnisse hier im Institut.«

William nickte.

Slapperton drehte sich um und ging durch die Tür.

William zögerte.

»Ich kann erst Licht machen, wenn du drinnen bist und die Tür sich geschlossen hat«, sagte Slapperton.

William trat in die tiefe Finsternis und fuhr zusammen, als die schwere Tür hinter ihm zufiel. Er blieb stehen und wartete, während seine Furcht immer größer wurde. Dann war ein leises Klicken zu hören und unter der Decke blinkte eine Lampe. William schaute sich um. Es war kein besonders großer Raum. Die Wände waren aus Stein. Slapperton stand vor etwas, das aussah wie eine alte Schalttafel. Ansonsten war der Raum leer. Slapperton winkte William zu sich.

»Was wollen Sie mir zeigen?«, fragte William.

Sein Magen krampfte sich zusammen. Er befand sich in einem geheimen Keller unter den Grundmauern des Institutes, mit einem Mann, den er eigentlich nicht kannte. Und niemand sonst wusste, dass er hier war.

»Sie haben gesagt, Sie wollten mir etwas zeigen. Hat das etwas mit meinem Großvater zu tun?« William hörte, dass seine Stimme zitterte.

»Dreh dich mal kurz um«, sagte Slapperton.

William hörte das Geräusch von rostigen Knöpfen, die langsam gedrückt wurden. Dann trat Slapperton neben William. Der Boden unter ihren Füßen dröhnte.

»Jetzt kannst du es sehen«, flüsterte Slapperton und zeigte vor sich.

Eine runde Säule stieg langsam aus der Mitte des Bodens empor. Die Säule hatte ungefähr einen Durchmesser vom Umfang eines Gullydeckels und hielt an, als sie mit Slapperton sozusagen auf Augenhöhe war.

»Toll, was?« Slapperton trat näher.

William folgte ihm.

In der Mitte der Säule öffnete sich eine Luke. Dahinter sah er eine dicke Glasscheibe.

»Das ist total einbruchssicher«, erklärte Slapperton. »Trotzdem ist das, was dort war, verschwunden.«

Ein blaues Licht pulsierte hinter der Scheibe. William blieb wie verhext stehen und starrte es an. Er hatte das übermächtige Gefühl, dieses Licht schon einmal irgendwo gesehen zu haben.

»Was ist das?«, fragte er.

Aber Slapperton gab keine Antwort. Er starrte nur weiter das pulsierende Licht hinter der dicken Glasscheibe an.

»Professor?«, fragte William unsicher.

Slapperton kam wieder zu sich.

»Luridium«, sagte er. »Oder, um ganz genau zu sein … das WAR Luridium.«

Slapperton winkte William noch näher neben sich. William beugte sich vor und schaute in den Behälter hinter der Glasscheibe. Er war leer. Aber das blaue Licht pulsierte weiter.

»Was ist Luridium?«, fragte er.

»Luridium ist eine Art Metall.« Slapperton räusperte sich. »Oder, genauer gesagt, intelligentes Metall, also Metall, das selbst denken kann.«

»Intelligentes Metall?«, wiederholte William.

»Es besteht sozusagen aus winzigen Computern von der Größe von Atomen, und es kann so programmiert werden, dass es seine Gestalt ändern und einfach zu allem werden kann. Es ist wie ein flüssiges, selbstdenkendes Computerprogramm. Es kann wirklich alles nachahmen. Sogar das menschliche Gehirn«, sagte Slapperton. Dann machte er ein ernstes Gesicht. »Luridium ist die gefährlichste und faszinierendste Technologie der Welt. Wenn es in die falschen Hände gerät …« Slapperton verstummte. Seine Augen wurden dunkel und funkelten. »Aber das ist noch nicht das Allerunglaublichste«, fügte er nach kurzem Schweigen hinzu.

»Was denn sonst?«, fragte William.

»Luridium ist sehr alt und war Jahrmillionen unter einer dicken Schicht aus Stein und Kohle begraben, bis Anfang 1860 ein Klumpen davon entdeckt wurde.«

William schaute zu Slapperton hoch. »Wie ist das passiert?«

»Damals begannen die Ausschachtungsarbeiten für den Bau der Londoner Untergrundbahn. Dabei fand ein Arbeiter namens Abraham Talley beim Bau des ersten Tunnels zufällig einen Klumpen Luridium.«

Abraham Talley, dachte William. Den hatte auch Fritz Goffman erwähnt. Das war der Mann, der es auf ihn abgesehen hatte.

»Gleich nach diesem Luridiumfund geschah ein furchtbares Unglück«, sagte nun Slapperton. »Zehn Arbeiter kamen ums Leben. Abraham Talley war der einzige Überlebende. Er wurde ins Krankenhaus gebracht und lag dort drei Tage im Koma. Als festgestellt wurde, wie die anderen Arbeiter gestorben waren, war es zu spät. Talley war spurlos aus dem Krankenhaus verschwunden.«

»Wie sind sie denn gestorben?«, fragte William.

»Sie wurden erwürgt. Von Abraham Talley.«

Slapperton legte eine Pause ein und musterte William forschend, wie um festzustellen, ob er noch mehr verkraften konnte.

»Aber warum?«, fragte William. Er bekam es jetzt richtig mit der Angst zu tun, aber seine Neugier war größer.

»Um seinen Fund zu vertuschen. Das Luridium hatte seinen Körper schon übernommen. Es war dabei, auch seinen Willen auszuschalten.«

William kam ein verrückter Gedanke. »Aber ... wenn Abraham Talley das Luridium vor mehr als hundertfünfzig Jahren gefunden hat. Dann bedeutet das ...«

»... dass er sehr alt ist«, sagte Slapperton. »Das ist auch

eine Folge des Luridiums. Talley blieb spurlos verschwunden, bis er um 1960, also hundert Jahre später, wiederauftauchte. Damals gründeten dein Großvater und einige seiner Kollegen dieses Institut. Um zu verhindern, dass das Luridium in die falschen Hände geriet. Sie begannen ihre Arbeit mit der Suche nach anderen Luridiumvorkommen. Das wenige, was sie finden konnten, versteckten sie im Institut. Hier in diesem Raum. Um es vor Talley zu verstecken.«

»Und Talley? Warum war er wiederaufgetaucht?«

»Um sich mehr zu holen. Er brauchte Nachschub.«

»Wo ist er jetzt?«, fragte William.

»Das wissen wir nicht. Er ist vor acht Jahren zum zweiten Mal verschwunden«, sagte Slapperton. »Ungefähr zur selben Zeit wie dein Großvater.«

»Hat er uns zu Hause überfallen?« William zitterte jetzt.

»Glaube ich nicht. Er hat vermutlich einen seiner Handlanger geschickt.« Slapperton fuhr mit der Hand über die Glasscheibe.

»Aber irgendwie muss er das Luridium damals doch aus dem Institut gestohlen haben.« William zeigte auf den leeren Behälter.

»Jemand hat es gestohlen, das schon, aber das war nicht AbrahamTalley«, sagte Slapperton.

»Wer denn sonst?«, fragte William.

»Dein Großvater.«

20

Als William am nächsten Morgen endlich den Speisesaal betrat, hatten die anderen fast schon fertig gefrühstückt. Er nahm sich einen Teller und füllte ihn am Büfett. Nickte den anderen Kandidaten zu, dann setzte er sich an seinen Platz und spachtelte drauflos. Er hatte einen Wahnsinnshunger.

Er hatte in der Nacht fast nicht geschlafen. Es war unmöglich gewesen, Ruhe zu finden, nach allem, was Slapperton ihm erzählt hatte. Über das Luridium, Abraham Talley und seinen Großvater. William konnte nicht glauben, dass sein Großvater das Institut bestohlen hatte. Er hatte die ganze Nacht darüber nachgedacht, und sein Kopf fühlte sich an wie Sirup. Er musste versuchen, an etwas anderes zu denken. Deshalb schaute er sich um.

Iscia saß ihm gegenüber und stocherte mit der Gabel in ihrem Essen herum. Er versuchte, Blickkontakt zu ihr aufzunehmen, aber sie starrte nur in ihren Teller.

»Zeig doch mal deinen Orbis«, sagte eine heisere Stimme am anderen Ende des Tisches.

William schaute hoch und sah Freddy, der ihn höhnisch anglotzte. William biss in sein gekochtes Ei, gab aber keine Antwort. Er wollte keinen Ärger.

Aber Freddy ließ nicht locker.

»Kein Anfänger kann an einem Tag beim Orbis auf das dritte Niveau kommen, wenn er nicht pfuscht«, sagte er jetzt.

William versuchte, nicht auf ihn zu achten. Er konzentrierte sich auf sein Essen und sank ein wenig tiefer in seinen Stuhl. Aber diese Taktik schien keinerlei Wirkung auf Freddy zu haben. Er richtete seine Gabel auf William und schnippte mit dem Griff. Ein Stück Speck traf William mitten auf der Stirn. Und fiel ihm dann auf den Schoß.

»Lass ihn in Ruhe«, fauchte Iscia, ohne aufzublicken.

»Halt die Fresse«, knurrte Freddy.

»Ich will nur in Ruhe essen«, sagte Iscia.

»Mund halten«, sagte Freddy.

Mit einem lauten Klatschen traf ein halbes Ei ihre Schläfe und fiel auf ihren Teller. Iscia ballte die Fäuste und schloss die Augen. William schaute zu Freddy hinüber, der nun ein Stück Wurst auf seine Gabel legte. Jetzt zielte Freddy wieder auf ihn. Er hatte offenbar beschlossen, William zurechtzustutzen.

William senkte den Blick und aß weiter.

»Du hältst dich wohl für etwas Besseres, bloß weil du bei deinem Orbis Anfängerglück hattest?«, fauchte Freddy.

»Ruhe da hinten!«, rief einer der Erwachsenen.

William spürte, dass ihm kalter Schweiß auf die Stirn trat und Adrenalin durch seine Adern gepumpt wurde. Er senkte die Schultern und konzentrierte sich auf sein Frühstück. Plötzlich traf ihn ein Wurststück mitten auf der Nase.

»Nicht darauf achten«, flüsterte Iscia. »Er hat die Konzentrationsfähigkeit eines Goldfischs und vergisst gleich, was er hier macht.«

William schaute hoch und erwiderte ihren Blick. Als er in ihre großen blauen Augen schaute, fühlte er sich gleich nicht mehr ganz so allein und klein.

»Halt die Fresse, hab ich gesagt!« Freddy war jetzt stocksauer. Eine Ladung Rührei traf Iscia mitten im Auge.

»Hier interessiert sich kein Mensch dafür, was du zu sagen hast«, fauchte Freddy und lud seine Gabel ein weiteres Mal voll.

»Jetzt hör schon auf«, sagte William.

»Huch. Er redet«, rief Freddy.

William und Freddy starrten einander eine Weile an.

»Na gut. Um zwei hinter dem Orbatorium. Dich mach ich platt!«, bellte Freddy und marschierte hinaus.

21

Es war zwei Uhr und William stand hinter dem Orbatorium. Hier wurde der Schnee offenbar nicht oft geräumt, denn er reichte ihm bis an die Knie. Aber er bemerkte die Kälte nicht, dazu war er viel zu gespannt. Er geriet sonst nicht in solche Situationen. Vielleicht lag es daran, dass er so schlecht geschlafen hatte. Oder daran, was Professor Slapperton ihm erzählt hatte. Er fühlte sich wie benommen und schaute sich um. Aber da war niemand zu sehen. Vielleicht hatte Freddy ja kalte Füße bekommen? William beschloss, noch fünf Minuten zu warten.

»Bist du so weit?«, hörte er plötzlich Freddys heisere Stimme.

William fuhr herum und sah ein Stück weiter Freddy und zwei der anderen Jungen.

»Danach siehst du aber nicht gerade aus«, sagte Freddy und grinste.

»Ich bin so weit«, log William.

»Hast du denn schon Erfahrungen mit einem Orbisduell?«, fragte Freddy wiehernd und hielt seinen Orbis hoch.

Orbisduell? Wovon redete Freddy hier?

William hatte mit einer altmodischen Prügelei gerechnet.

Rasch zog er seinen eigenen Orbis aus der Jackentasche. Sein Herz hämmerte jetzt so sehr, als ob es aus seiner Brust springen wollte. Freddys Kumpels traten zurück. Freddy umfasste seinen Orbis mit beiden Händen und drehte zweimal daran. Dann schleuderte er ihn plötzlich auf William. Der Orbis kam in einem wahnwitzigen Tempo angejagt. William konnte sich gerade noch in den Schnee fallen lassen, dann schoss der Orbis auch schon dicht über ihn hinweg. William drehte sich und hielt Ausschau nach Freddys Orbis. Aber statt gegen die Mauer hinter ihm zu knallen, drehte sich der Orbis wie ein Bumerang und kam dann zurückgeflogen. Mit geübter Bewegung fing Freddy den Orbis wieder auf. Und ehe William sich gefasst hatte, warf Freddy den Orbis ein weiteres Mal. Wieder musste sich William in den kalten Schnee fallen lassen. Der Orbis kehrte zu Freddy zurück und William kam abermals auf die Beine. Er schaute sich um. Er sah, dass sich jetzt auch die übrigen Kandidaten eingefunden hatten, nur Iscia konnte er nirgendwo entdecken.

»Was trödelst du denn so herum?«, rief Freddy. »Willst du denn nichts unternehmen? Das hier ist viel zu einfach!«

William machte sich jetzt an seinem eigenen Orbis zu schaffen. Plötzlich traf der von Freddy ihn im Bauch. William wurde rückwärts in den Schnee geschleudert und blieb erst mal liegen, so sehr schmerzte der Treffer.

Das hier war ernster, als er gedacht hatte. Er drehte sich auf den Bauch und hielt den Orbis vor sich. Er konzentrierte sich, so gut er konnte. Dann hörte er, dass Freddy lachte und rief, aber er verstand nicht, was er sagte. William spürte das vertraute Kribbeln. Es setzte im Magen ein und wanderte dann weiter in seine Arme und seinen Kopf. Schließlich fingen seine Finger an sich zu bewegen. Er merkte, dass Freddys Orbis seinen Kopf streifte und wieder verschwand. Aber das war ihm egal. Sein eigener Orbis klickte einige Male, wurde größer, und eine leuchtende 4 tauchte im Display auf. Und nun schien William auf einmal zu wissen, was er zu tun hatte. Er blickte auf und sah, dass Freddys Orbis erneut auf ihn zukam. William drehte sich um und warf jetzt auch seinen Orbis in die Luft. Ein blaues Licht schoss heraus und bildete vor ihm eine durchsichtige Wand. Freddys Orbis knallte dagegen und fiel in den Schnee.

Eine dünne Rauchwolke stieg aus dem Loch im Schnee auf, wo Freddys Orbis abgestürzt war. William starrte seinen eigenen Orbis an, der noch immer über ihm schwebte. Er streckte die Hand aus. Das blaue Licht verschwand und der Orbis fiel sanft zurück in seine Hand. Freddy starrte William sprachlos an.

»Aber w-w-wie …«, stotterte er. Sein Gesicht war fast so weiß wie der Schnee. Seine Kumpels zogen ihn fort und verschwanden mit ihm hinter der Hausecke.

Große Schneeflocken rieselten über den weiten Platz hinter dem Institut. William fror, als er den Platz überquerte. Majestätische Bäume in Reih und Glied ragten zu beiden Seiten des Gehwegs über ihm auf.

Er schaute auf seinen Orbis hinunter, den er noch immer in der Hand hielt. Jetzt hatte er Niveau 4 erreicht. Der Orbis hatte offenbar begriffen, dass ich Hilfe brauchte, dachte er. Oder vielleicht hatten er und der Orbis einfach gut zusammengearbeitet. Er verstaute den Orbis in seiner Jackentasche und überlegte, welche weiteren Geheimnisse die kleine Kugel wohl verbergen mochte.

Plötzlich blieb er stehen. Er hatte das Gefühl, dass jemand ihn anstarrte. William hob den Blick und entdeckte Iscia, die unter einem der großen Bäume stand. Hatte sie mitbekommen, dass er soeben Freddy in einem Orbisduell besiegt hatte?

»William«, rief sie und winkte ihn zu sich.

Als er näher kam, trat sie hinter den Stamm des hohen Baumes und winkte ihm, ihr zu folgen. Die langen verschneiten Zweige verbargen sie vor den Fenstern des Gebäudes vor ihnen. Sie blieben eine Weile dort stehen und sahen einander an. William merkte, dass er rot wurde.

»Danke«, sagte sie.

»Wofür denn?«, fragte William überrascht.

»Dafür, dass du Freddy eins auf die Finger gegeben hast. Das hat er verdient.«

»Ich glaube, ich habe seinen Orbis ruiniert«, sagte William. Er hatte deshalb ein richtig schlechtes Gewissen.

»Keine Sorge«, schnaubte Iscia. »Den reparieren sie schon wieder. Schlimmstenfalls kriegt er einen neuen. Und dann muss er ganz von vorne anfangen.« Iscia lächelte schadenfroh.

Dann streckte sie die Hand aus.

»Freunde?«

William starrte die Hand an.

»Freunde?«, fragte Iscia noch einmal.

Er nahm ihre Hand. Sie war warm.

»Freunde«, sagte er und lächelte.

22

William schlief die ganze Nacht wie ein Stein, und als er aufwachte, merkte er, dass seine Gewissensbisse wegen Freddys ruiniertem Orbis so gut wie verschwunden waren. Freddy ignorierte ihn während des gesamten Frühstücks. Ab und zu muss man sich einfach wehren, dachte William. Nach dem Frühstück hatten sie kosmologische Problemlösung bei Professor Margot.

Die große Eichentür zum Kosmotorium glitt auf und eine alte, krummrückige Frau im gestreiften Anzug kam auf einen Stock gestützt hereingehumpelt. Sie war die älteste Lehrkraft am Institut und bewegte sich wie eine alte Schildkröte. Iscia hatte William während des Frühstücks gewarnt.

»Auf eure Plätze!«, rief Margot mit heiserer Stimme.

William sah ihr hinterher. Sie blieb vor der Treppenstufe stehen, die auf ein kleines Podium mit einem Schreibtisch führte.

»Glaubst du, sie schafft das?«, flüsterte er.

»Wart's nur ab«, antwortete Iscia dicht hinter ihm.

Professor Margot blieb eine Weile stehen, dann klatschte sie dreimal in die Hände. Plötzlich fielen zwei Robotarme aus der Decke. Sie hoben die alte Dame hoch wie ein kleines

Kind und hielten über dem Schreibtischstuhl auf dem Podium an. Die Robotarme drehten die Professorin um, setzten sie auf den Stuhl und verschwanden ebenso rasch, wie sie aufgetaucht waren.

»Worauf wartet ihr noch? Setzt euch!«, rief Professor Margot und drohte mit ihrem Stock.

William setzte sich und schaute sich um. Die Decke war mit Sternen und Planeten bemalt. An den Wänden standen hohe Regale mit den unterschiedlichsten Globen. Einige Globen waren klein wie Äpfel, andere groß wie Wasserbälle.

»Wir machen da weiter, wo wir vorige Woche aufgehört haben«, rief Professor Margot und drückte auf einen Knopf an dem Schreibtisch.

Ein viereckiges Kästchen über ihr fing an zu summen. Vorn im Kästchen saßen drei kleine Linsen. In den Linsen leuchtete erst ein Licht auf und verschwand dann wieder.

»Verdammter Projektor! Hat der Hausmeister den noch immer nicht repariert?«, schimpfte Professor Margot und hob ihren Stock.

Sie schlug ein paarmal gegen den Projektor. Das Licht leuchtete wieder auf und sie ließ den Stock sinken. Plötzlich fiel der Projektor von der Decke und hielt genau auf die alte Dame zu.

»Vorsicht!«, rief William, ohne zu überlegen.

Aber statt auf den Kopf der Professorin zu fallen, bog der Projektor zur Seite ab und flog weiter durch das Zimmer. Er überschlug sich zweimal, dann schoss er auf den Boden zu und schließlich wieder nach oben.

»Mach dich nicht so wichtig«, schimpfte die Professorin Margot und schlug auf den Tisch.

Der Projektor riss sich zusammen und kam in der Luft über ihnen zur Ruhe. William starrte das Kästchen fasziniert an. Es summte leise.

Plötzlich tauchte ein dreidimensionaler Planet vor ihnen in der Luft auf, der an Größe und Lichtstärke zunahm und schließlich so groß war wie ein Basketball. Dann fing er an zu rotieren. William fand, dass er aussah wie eine brennende Sonne. Dann tauchte eine weitere Kugel auf. Diese war kleiner, grau und hatte dunkle Flecken. Sie drehte sich nun in einer Umlaufbahn um die große Kugel. Der Merkur, dachte William. Das muss die Milchstraße sein, mit der Sonne in der Mitte.

Ein Planet nach dem anderen tauchte auf und fand seine Umlaufbahn. Dann wurde das Sonnensystem verkleinert und ein weiteres entstand daneben.

William hatte einige der Bücher über Astronomie in der Sammlung seines Großvaters gelesen. Er schaute hoch zur Galaxis, die über ihnen schwebte, und dachte, dass die Erde eigentlich gar nicht so groß sei. Und wenn sein Großvater sich auf diesem kleinen Planeten befand, musste er ihn auch finden können.

»Los geht's«, rief Professor Margot und riss William damit aus seinen Tagträumereien.

Er schaute auf und sah, dass einige Planeten auf ihn zukamen. Er drehte sich um und sah, dass alle Kandidaten nun ihre eigenen Planeten hatten, die vor ihnen schwebten.

»Ihr habt eine Stunde, um die Milchstraße zu rekonstruieren«, sagte Professor Margot, dann drückte sie auf einen anderen Knopf am Schreibtisch. Vor ihr erschien ein Bildschirm.

»Und so können wir im Handumdrehen fantastische Schokomuffins backen«, war eine seidenweiche Stimme zu hören.

William saß draußen im Garten auf einer Bank und aß die Brote, die er sich am Morgen beim Frühstück geschmiert hatte. Die anderen Kandidaten saßen mit Freddy ein Stück weiter. Ab und zu flüsterte Freddy etwas und zeigte auf William. Die anderen lachten.

»Die sind wirklich total dämlich«, sagte hinter William eine Stimme.

Er schaute auf.

Iscia setzte sich neben ihn.

»Halten sich selbst für die Tollsten, aber brauchen Lichtjahre länger als du«, fügte sie hinzu. »Ich habe gesehen, dass du mit deiner Galaxis ganz fertig warst. Warum hast du nichts zu Professor Margot gesagt? Du hättest dir bei ihr ein paar Extrapunkte sichern können.«

»Weiß nicht«, sagte William und betrachtete seine Pausenbrote.

Nachdem er so lange nicht hatte auffallen dürfen, fiel es ihm schwer, zu zeigen, wie tüchtig er war. Er hatte zudem nie das Bedürfnis gehabt, sich hervorzutun. Bei Iscia aber war das anders. Ihr hätte er gern gezeigt, was er alles konnte. Er freute sich darüber, dass sie bemerkt hatte, wie früh er fertig gewesen war.

»Schau mal«, sagte Iscia und zeigte auf Professor Margot, die aus dem Kosmotorium kam und hinter sich die Tür abschloss. Sie steckte den Schlüssel in die Tasche und humpelte auf ihren Stock gestützt über den Platz. Unter dem Arm hatte sie einen Stapel grauer Ordner. Iscia ließ die Ordner nicht aus den Augen, als die Professorin an ihnen vorbeikam.

»Siehst du die Ordner da?«, flüsterte Iscia.

»Mhm«, sagte William.

»Ich wüsste ja gern, was darin steht!«

»Wozu sind die da?«, fragte William und erhob sich.

»Weiß nicht so genau. Aber alle Lehrer notieren dauernd irgendwas darin. Da steht bestimmt eine Menge über uns. Ich habe schon mal darum gebeten, meinen Ordner sehen zu dürfen. Aber immer sagen sie Nein. Ich glaube fast, dass das Institut mehr über uns weiß als wir selbst.« Sie stand auf und wischte sich Schnee vom Hosenboden.

»Aber ich wüsste halt gern, wo sie mich hinschicken wollen. Das steht sicher auch im Ordner«, fügte sie nachdenklich hinzu.

»Dich hinschicken?«, fragte William.

»Jedes Jahr werden einige der Kandidaten losgeschickt. Ich habe keine Ahnung, wohin. Alles wird total geheim gehalten. Nicht einmal die, die losfahren, wissen, wohin es geht.«

»Jetzt machst du aber Witze!?«, rief William.

Aber Iscia wurde nur noch ernster.

»Nein. Ich mache keine Witze. Und ich habe das Gefühl, dass es nicht mehr lange dauert, bis ich losgeschickt werde«, sagte sie.

»Und du glaubst, das steht in deinem Ordner?«

»Ich bin nicht sicher. Ich hoffe es«, sagte Iscia.

»Wo werden die Ordner denn aufbewahrt, wenn sie gerade nicht benutzt werden?«, fragte William.

Iscia zuckte mit den Schultern.

»Ich habe gehört, sie werden im sogenannten Archiv eingeschlossen. Aber ich weiß nicht, wo das ist. Ich habe nur Gerüchte gehört. Weiß nicht einmal, ob es dieses Archiv wirklich gibt.«

William überlegte. Ein geheimes Archiv mit Informationen. Genau das brauchte er jetzt auch. Nach dem, was Slapperton ihm erzählt hatte, war er davon überzeugt, dass das Institut wusste, wo sich sein Großvater befand, und auch, warum er mit dem Luridium durchgebrannt war.

»Wir brauchen eine Karte oder einen Plan des Geländes«, sagte William und kratzte sich am Kopf.

»Der Projektor!«, sagte Iscia plötzlich.

»Was meinst du?«

»Professor Margots Projektor hat von fast allem Karten und holografische Modelle. Vielleicht hat er auch einen Plan vom Institut?«

»Dann leihen wir den mal kurz aus«, sagte William und zog Iscia mit sich.

23

Die Tür des Kosmotoriums öffnete sich lautlos und William schaute hinein. Der Projektor hing noch immer hoch oben unter der Decke. William schlich ins Zimmer und winkte Iscia. Sie blickte in den Raum und sah sich unsicher um.

»Das gefällt mir nicht«, flüsterte sie.

»Das geht bestimmt gut. Komm«, sagte William und gab ihr die Haarnadel zurück.

»Wo hast du gelernt, Schlösser aufzustochern?«, fragte sie und steckte sich die Nadel wieder in die Haare.

»Ich hab in einem Buch darüber gelesen«, sagte er.

Iscia schaute zum Projektor hoch. »Wenn wir den herunterholen können, müssen wir aber woanders damit hingehen. Hier können sie uns zu leicht erwischen«, sagte sie und schaute sich nervös um.

»Zuerst müssen wir ihn mal haben«, sagte William und blieb neben dem großen Schreibtisch stehen.

An der rechten Ecke entdeckte er einen Knopf. Er drückte darauf. Der Projektor fing an zu summen, aber er bewegte sich nicht.

»Warum bleibt der einfach so da hängen? Wir müssen ihn irgendwie runterholen!«

William schaute sich um. Dann kam ihm eine Idee. Er zeigte auf die beiden Arme, die von der Decke herunterhingen. »Wir brauchen nur zu klatschen, oder?«

Er klatschte dreimal. Die Arme zuckten ein wenig, dann erwachten sie zum Leben und fuhren an einer Schiene entlang über die Decke. Sie hielten gleich über ihnen inne und hoben Iscia hoch.

»Nicht mich!«, fauchte sie.

Aber es war zu spät. Schon baumelte sie über William in der Luft.

»Tut mir leid«, sagte William. »Ich dachte, sie würden mich holen. Versuch mal, an den Projektor zu kommen. Wenn du schon da oben hängst.«

»Ich kann Höhen nicht leiden«, sagte Iscia und seufzte.

»Willst du nun ins Archiv oder nicht?«

Iscia schloss die Augen. Sie schien lautlos zu zählen. Als sie die Augen wieder öffnete, wirkte sie ruhiger.

»Okay. Bringt mich zum Projektor«, sagte sie laut und deutlich und schaute zu den beiden kräftigen Metallarmen hoch, die sie festhielten.

Die Arme fuhren sie durch den Raum und hielten neben dem Projektor inne.

Iscia griff vorsichtig nach dem Kästchen und zog es nach unten. Sie hielt es mit ausgestreckten Armen vor sich hin, wie eine stinkende alte Socke.

»Setz mich wieder ab«, befahl sie.

Wieder zuckten die Arme, brachten sie dann aber zurück und stellten sie neben William auf den Boden.

»Wir müssen weg hier, ehe wir entdeckt werden«, sagte Iscia und gab ihm den Projektor.

Kurz darauf liefen William und Iscia mit langen Schritten durch den großen Park hinter dem Institut. Iscia sah sich um, als ob sie damit rechnete, jeden Moment entdeckt zu werden. William hielt beide Hände über eine Ausbeulung in seiner Jacke.

»Wir müssen einen Ort finden, wo wir ungesehen arbeiten können«, sagte er.

»Hier rein«, sagte Iscia und zog ihn in den kybernetischen Garten.

William wehrte sich.

»Was ist mit den Kannibalenpflanzen?«

»Tu einfach, was ich dir sage, dann passiert dir nichts«, sagte Iscia. »Ich bin eben von mechanischen Armen herumgeworfen worden. Da hältst du ja wohl ein bisschen Gewächshaus aus.«

»Ein bisschen Gewächshaus, du hast gut reden.« William schaute an den riesigen Glasscheiben hoch, die über ihnen aufragten.

Sie blieben vor dem großen Eisentor zum Garten stehen.

William hatte nicht die geringste Lust, hineinzugehen. Aber er musste sich einfach auf Iscia verlassen. Sein Wunsch, mehr über seinen Großvater zu erfahren, war eindeutig stärker als die Angst vor den Pflanzen.

Iscia zog ihren Orbis aus der Jackentasche und hielt ihn vor die Vertiefung in der Mitte der Tür. Gleich darauf öffnete sich das schwere Eisentor.

»Kommst du?«, fragte sie und sah ihn an.

William blieb stehen und starrte die scheinbar harmlose Rasenfläche vor ihnen an.

»Ich habe doch schon gesagt, dass das Gras ungefährlich ist, solange du nicht darauftrittst«, sagte Iscia. »Und die gefährlichsten Pflanzen sind in ihren Käfigen. Geh einfach nicht zu nah ran.«

William holte tief Luft, ließ die Schultern sinken und atmete wieder aus. Das half. Er fühlte sich ein wenig ruhiger.

Er ging hinter Iscia her durch hohe Bäume und Pflanzen. Einige fletschten die Zähne, als sie vorüberkamen. Andere drehten sich weg, als ob sie kein Interesse an ihnen hätten.

»Sieht aus, als ob sie gerade gefüttert worden sind«, sagte Iscia und zeigte auf eine Pflanze, die mit weit aufgerissenem Mund dalag und schnarchte. »Das ist gut. Ich komme oft zum Lesen her. Hier habe ich meine Ruhe.«

Iscia bog auf einen schmaleren Weg ab. William musste laufen, um sie einzuholen. Er hatte furchtbare Angst, sie hier drinnen aus den Augen zu verlieren. Nachdem sie dem verschlungenen Pfad tiefer in das riesige Gewächshaus gefolgt waren, erreichten sie einen hohen Zaun. In dem Zaun befand sich ein weiteres Tor. Iscia öffnete das Tor und verschwand dahinter. William folgte ihr.

Hier drinnen gab es keine Käfige und keine Pflanzen, die nach ihnen schnappten. Es gab nur einen großen offenen Platz. Drei Bänke standen um einen Springbrunnen mit einer Frauenstatue in der Mitte. Sie hielt eine große Messingglocke in die Luft.

»Sind die nicht niedlich?«, fragte Iscia und zeigte ins Wasser.

William blieb neben ihr stehen. Er konnte große bunte Fische sehen, die gleich unter der Oberfläche vorüberschwammen. Einer schaute aus dem Wasser und sah sie an.

»Die werden gern gestreichelt«, sagte Iscia.

»Bist du sicher?«

»Ja. Streichel ihn ruhig.«

William bückte sich und streckte die Hand aus. Er wollte gerade einen Fisch streicheln, als der plötzlich einen langen Wasserstrahl ausspuckte und William damit voll im Gesicht traf. William sprang erschrocken zurück. Iscia musste dermaßen lachen, dass sie sich auf eine Bank sinken ließ.

»Das war nicht komisch«, murmelte Wiliam.

»Das war zum Brüllen«, keuchte Iscia und wischte sich die Tränen ab.

Dann schwiegen sie eine Weile.

»Es ist sehr still hier«, sagte er endlich.

»Ja, sehr.«

Plötzlich wurde Iscia ernst, drehte sich zu William um und zeigte auf das Bündel unter seiner Jacke.

»Komm, versuchen wir es«, sagte sie.

William schob vorsichtig die Hand unter die Jacke und zog den Projektor heraus.

»Ob der einfach einen Knopf zum Einschalten hat?«, fragte er und drückte vorsichtig auf das Kästchen.

»Professor Margot klopft immer darauf, wenn er nicht anspringt«, sagte Iscia.

»Dann probieren wir das auch«, sagte William und klopfte zweimal.

Aber nichts passierte.

William machte noch einen Versuch. Diesmal härter. Noch immer passierte nichts.

»Dann müssen wir wohl auf andere Weise herausfinden, wo das Archiv ist«, sagte Iscia. »Lass uns den Projektor zurückbringen, dann versuchen wir etwas anderes.«

»Vielleicht hast du Recht. Irgendwie funktioniert er nicht mehr«, sagte William und wollte schon aufstehen, als Iscia rief:

»Sieh mal ... Licht!«

Sie zeigte auf die Linsen.

Dann fing es im Projektor an zu summen. Und ehe William reagieren konnte, jagte der Projektor in die Luft. William erschrak so sehr, dass er vergaß loszulassen. Er wurde mit nach oben gerissen. Dann stoppte der Projektor und William hing mitten in der Luft. Er schaute auf Iscia hinab, die weit unter ihm von einem Fuß auf den anderen trat.

»Loslassen«, rief sie. »Auf den Springbrunnen zielen! Der ist sicher tief genug.«

William schüttelte den Kopf und schloss die Augen.

»Der versucht dich abzuschütteln«, hörte er Iscia rufen.

William klammerte sich fest, so gut er konnte. Plötzlich startete der Projektor zum Sturzflug. William öffnete erst wieder die Augen, als sie auf einen großen Rosenstrauch auftrafen. Spitze Nadeln und Zweige stachen ihn überall hin. Dann vollführte der Projektor eine scharfe Wendung und jagte wieder in die Luft. Er sauste über sämtliche Käfige hinweg und hielt über einer Pflanze an, die William sofort erkannte. Es war die Schlingpflanze, die bei seinem ersten Besuch hier den riesigen Vogel gefressen hatte. Die langen grünen Tentakel streckten sich nun ihm entgegen wie die Arme eines Riesentintenfischs. William schüttelte den Projektor.

»Schaff uns hier weg. Sonst frisst sie uns alle beide.«

Aber der Projektor rührte sich nicht. William schaute wieder nach unten. Einer der Tentakel war jetzt dicht unter ihm und wollte nach seinen Füßen greifen. Der Projektor ließ Klickgeräusche hören und das Licht in den Linsen erlosch. Dann fingen sie an, an Höhe zu verlieren.

»Nein. Nicht jetzt!«, rief William.

Er schaute nach unten und sah, dass Iscia gleich vor dem Käfig stehen geblieben war. Jetzt schaute sie aus verängstigten Augen zu ihm hoch.

»Mach was!«, rief er.

»Was denn?«, rief sie zurück und schaute sich voller Panik um.

»Hat die keinen Knopf zum Abschalten? Alle Maschinen haben doch einen, das hast du selbst gesagt!«

Der erste Fangarm schloss sich um Williams Wade und griff fester zu.

»Ich werde sterben!«, schrie William.

Der grüne Fangarm zog ihn weiter nach unten. Ein anderer Tentakel packte seine Hüfte und zog ebenfalls. Der Projektor erwachte summend wieder zum Leben und strebte aufwärts, aber ein Fangarm packte ihn und zog auch ihn nach unten. Bald waren William und der Projektor umringt von kratzenden und zerrenden grünen Fangarmen.

William gab den Widerstand auf.

Er schaute auf das dunkle Loch im Boden. Erinnerte sich daran, wie der große Vogel zerkaut und danach ausgespuckt worden war. In wenigen Sekunden würde ihm das Gleiche passieren. Plötzlich fiel ihm der Orbis ein. Mit Mühe zog er ihn aus der Tasche.

»Kannst du mir nicht helfen?«, fragte er.

In diesem Moment schnellte ein Fangarm hoch und schlug ihm den Orbis aus der Hand.

»Nein!«, rief William, als der Orbis in das dunkle Loch unter ihnen fiel.

Dann wurde plötzlich alles still. Die Fangarme hörten auf, sich zu bewegen. William hing in der Luft und konnte nur warten. Der Schweiß lief ihm herunter und sein Herz hämmerte so sehr, als ob es sich aus seinem Brustkasten losreißen wollte.

»Was ist denn los?«, rief Iscia irgendwo auf der anderen Seite der grünen Tentakel.

Die Pflanze fing an zu husten und zu würgen, und plötzlich wurde der Orbis aus dem dunklen Schlund gespien. Er blieb eine Weile vor William in der Luft hängen. Dann nahm er Tempo auf und knallte gegen den dicken Tentakel, der sich um Williams Brust gewickelt hatte. Der Orbis wich zurück und knallte dann abermals gegen den Tentakel. William merkte, dass die Fangarme sich lockerten. Er atmete tief ein und füllte seine Lunge mit frischer Luft. Der Orbis schlug weiter auf die Schlingpflanze ein, bis William endlich knapp vor dem großen Loch auf den Boden fiel. Der Projektor landete gleich neben ihm.

Bald darauf saßen William und Iscia wieder auf der Bank vor dem Springbrunnen. Abgesehen von einigen Schrammen auf der Stirn und einem Riss in der Jacke hatte er das Drama unversehrt überstanden.

»Erinnere mich daran, dass ich zum letzten Mal mit dir hier war«, sagte William.

Iscia lächelte und versetzte ihm einen Rippenstoß. »Aber du hast doch gewonnen! Du hast eine der gefährlichsten Pflanzen da drinnen besiegt!«

»Spielt keine Rolle. Ich habe meine Glücksquote hier voll ausgeschöpft«, sagte William.

»Ich glaube, der mag dich jetzt«, sagte Iscia und sah den Projektor an, der neben William schwebte. Der rieb sich an Williams Schulter und schnurrte wie eine Katze.

»Vielleicht musste der nur gezähmt werden?«

»Vielleicht«, sagte Iscia.

»Wir brauchen eine Karte des Instituts«, sagte William und schaute den Projektor erwartungsvoll an.

Der Projektor zog sich zurück und schwebte dann einen Moment in der Luft, als ob er darüber nachdachte, was William soeben gesagt hatte. Plötzlich tauchte vor ihnen ein Hologramm der Milchstraße auf.

»Nein. Nicht von der Milchstraße, vom Institut!«, sagte William.

Das Hologramm der Milchstraße verschwand und wich einem Stadtplan von London.

Iscia beugte sich zum Projektor vor. »Das Institut«, sagte sie laut und deutlich.

Ein weiteres Bild tauchte vor ihnen in der Luft auf. Ein Grundriss.

»Bingo!«, rief Iscia.

Sie betrachteten die Zeichnung, die vor ihnen in der Luft schwebte.

»Wow. Sieh dir mal die vielen Zimmer an«, sagte Iscia dann. »Das ist ja viel größer hier, als ich gedacht habe.«

Sie zeigte auf den oberen Rand der Karte. »Institut für Posthumane Forschung. Gegründet 1967«, las sie.

»Hier ist das Hauptgebäude«, sagte William.

»Und da Goffmans Büro«, sagte Iscia.

»Aber was ist das da?«, fragte William und zeigte auf eine große namenlose Fläche hinter dem Büro.

»Da steht nichts«, sagte Iscia.

»Kann das das Archiv sein?«

»Dann können wir die Sache auch gleich vergessen«, sagte sie enttäuscht. »Niemand betritt Goffmans Büro ohne Erlaubnis.«

Sie saßen eine Weile schweigend da.

»Wir versuchen es heute Abend«, sagte William schließlich und sah Iscia entschlossen an.

»Spinnst du?«, rief sie.

»Ich dachte, du willst wissen, was in deinem Ordner steht?«

»Das schon«, sagte sie zögernd.

»Und ich muss mehr über meinen Großvater herausfinden. Ich glaube, sie wissen mehr über ihn, als sie zugeben«, sagte William.

»Über deinen Großvater?«, fragte Iscia.

William gab keine Antwort. Er sah sie eine Weile einfach nur an.

»Weißt du, was Luridium ist?«, fragte er endlich.

»Luridium?«, wiederholte sie.

»Ja«, sagte William. »Hast du davon schon mal gehört?«

Iscia schüttelte den Kopf. »Noch nie. Was für ein seltsamer Name. Und was ist das also?«

»Heute Abend erzähle ich dir mehr« sagte William und stand auf. »Wir treffen uns um zehn vor dem Speisesaal.«

Iscia blieb sitzen. Es war ihr anzumerken, dass ihr die Vorstellung, bei Goffman einzubrechen, Angst machte.

Aber William wusste, dass es für ihn kein Zurück gab. Nicht bei einem ganzen Archiv voller geheimer Informationen.

24

Es war zwölf Minuten nach zehn. William schlich sich so schnell er konnte die Treppe ins Erdgeschoss hinab. Er war spät dran, denn plötzlich hatte sich die Tür widersetzt. Sie hatte ihm erzählt, es sei zu spät, um noch mal wegzugehen, und es sei außerdem gefährlich, sich abends auf dem Institutsgelände herumzutreiben. Man wisse nie, was einem da über den Weg laufen könnte. William hatte alle seine Überredungskunst aufwenden müssen, ehe die Tür ihn widerwillig durchgelassen hatte. Jetzt hoffte er nur, dass Iscia keine kalten Füße bekommen hatte.

William blieb auf der untersten Treppenstufe stehen und horchte. Die Dunkelheit lag wie ein schwarzer Nebel über der großen Halle. Er war allein. Eine einsame Wandlampe gab gerade so viel Licht, dass William sehen konnte, wohin er trat.

Er ging weiter durch den Gang zum Speisesaal. Er stellte sich neben die Metallstatue, die an die Freiheitsstatue in New York erinnerte, und schaute sich um.

»Iscia«, flüsterte er.

Die einzige Antwort, die er erhielt, war das leise Echo seiner Stimme. Bestimmt war Iscia hier gewesen und gegangen, weil er nicht wie abgemacht aufgetaucht war. William überlegte, ob er einfach in sein Zimmer zurückgehen sollte.

Ein Knirschen ließ ihn aufblicken. Eine Gestalt kam durch den Gang auf ihn zu. William presste sich in den Winkel zwischen Wand und Statue. Er hielt den Atem an.

Die Gestalt kam näher. William sah, dass es dieselbe alte Dame war, die er schon einmal auf dem Gang vor seinem Zimmer gesehen hatte. Sie schob einen Putzwagen mit Eimern, Schrubbern und Wischlappen vor sich her. William presste sich an die Wand. Niemand durfte wissen, dass er um diese Zeit im Gebäude umherwanderte. Die Frau blieb vor der Statue stehen und schaute sich um. Er konnte sie jetzt deutlich sehen. Sie war ziemlich alt. Ihre Haut war fahl und runzlig und sie hatte die Haare unter ein Haarnetz geschoben. Wieder saß ein kleiner mechanischer Kolibri auf ihrer Schulter und putzte sich das Gefieder. Sie schaute sich um, ging dann weiter und bog um die nächste Ecke.

Erst, als das Knirschen der Räder vollständig verstummt war, traute sich William hinter der Statue hervor. Wenn Iscia nicht mehr auftauchte ... sollte er dann allein versuchen, das Archiv zu finden? Nein. Er brauchte Iscia. Sie kannte sich im Institut so viel besser aus als er.

»Pssst«, kam es plötzlich irgendwo aus der Dunkelheit.

William blieb stehen.

»Hier ... die Treppe hoch.«

William entdeckte eine schmale Treppe ein Stück weiter hinten im Gang. Sie war mit einer Kette abgesperrt, und an der Kette hing ein Messingschild mit der Aufschrift »Nur für Institutsmitglieder«.

»Beeil dich«, flüsterte die Stimme jetzt. Es war Iscia.

Sie saß halb versteckt oben auf der Treppe. William stieg über die Kette und ging zu ihr nach oben.

»Du bist aber spät.«

»Probleme mit der Tür«, sagte William kurz.

Sie gingen weiter nach oben. Bald standen sie im ersten Stock und schauten in einen langen weißen Gang, der einfach kein Ende zu nehmen schien.

»Du musst vorgehen. Ich war doch noch nie in Goffmans Büro«, sagte William.

Der Gang war so blendend weiß, dass sie nur mit Mühe erkennen konnten, wo der Boden aufhörte und die Wände begannen. William fuhr mit der Hand über die glatte Wand, um sich zu orientieren.

Sie bogen um eine Ecke und blieben stehen.

»Da ist es«, sagte Iscia.

Sie standen vor einer weißen Tür ohne Klinke. Die Tür verschwand fast mit der Wand.

»Wie kommen wir da rein?«, fragte William.

»Keine Ahnung«, antwortete Iscia. »Du bist hier das Genie.«

William fuhr mit den Händen über die glatte Oberfläche. Keine Klinke und kein Schlüsselloch. Er blieb einen Moment stehen und musste dann fast lächeln.

»Kann das so einfach sein?«, murmelte er.

»Wovon redest du?«, fragte Iscia.

»Der neue Kühlschrank, den wir im vorigen Jahr bekommen haben, hatte auch keine Klinke«, sagte William und drückte gegen die Tür.

Die Tür ließ ein Klicken hören und sprang auf.

»Nicht immer ist alles so kompliziert«, sagte er und lächelte.

»Aber warum hat Goffman kein Schloss an der Tür?«, fragte Iscia skeptisch.

»Weiß nicht. Vielleicht, weil er der Chef ist und sich nicht vorstellen kann, dass jemand es wagt, in sein Büro einzubrechen«, sagte William und schaute vorsichtig in den Raum.

»Komm.«

25

Goffmans Büro war fast leer. Ein großer weißer Schreibtisch thronte mitten im Raum. Auf dem Schreibtisch stand ein alter Globus.

»Ich kann keine Tür zum Archiv sehen«, sagte Iscia.

»Gib nicht so schnell auf«, sagte William und ging weiter ins Zimmer hinein.

Er blieb stehen, als er das vertraute Zittern im Körper spürte. Es fing wie immer ganz unten im Bauch an. Er ließ die Schultern sinken und schloss die Augen.

»Was machst du da?«, fragte Iscia.

»Pst«, sagte er und konzentrierte sich auf die Dunkelheit hinter seinen Augenlidern.

Er merkte, wie das Vibrieren stärker wurde, sein Rückgrat hochwanderte und weiter in Arme und Kopf. Als er die Augen wieder öffnete, sah er sie sofort: leuchtende Zeichen, die über dem Globus in der Luft schwebten. Einige waren größer als andere und leuchteten klarer.

»Siehst du was?«, hörte er Iscia fragen. Sie schien sehr weit weg zu sein.

Besonders ein Zeichen leuchtete stärker als alle anderen. Dann erschien ein Kreuz an der Stelle, die auf dem Globus

Norden sein musste. William drehte den Globus so, dass das leuchtende Zeichen direkt über dem Kreuz stand. Er hörte ein Klicken. Das leuchtende Zeichen verschwand und ein anderes wurde dafür größer. Und auch ein weiteres Kreuz. William drehte den Globus ein zweites Mal. Ein weiteres fernes Klicken.

»Was ist das?«, rief Iscia und stützte sich auf den Schreibtisch.

Und jetzt merkte William es auch. Das ganze Büro vibrierte.

»Das gefällt mir nicht«, sagte Iscia.

»Wir bewegen uns«, antwortete William und starrte einen Kugelschreiber an, der über den Schreibtisch kullerte. »Alles hier bewegt sich.«

»Wie ein Fahrstuhl?«, fragte Iscia.

Und so plötzlich, wie das Vibrieren eingesetzt hatte, so plötzlich hörte es auch wieder auf. William und Iscia standen da und horchten, aber nichts passierte.

»Was machen wir jetzt?«, fragte sie und trat etwas dichter an ihn heran.

William ließ seinen Blick durch das Zimmer wandern.

»Kann das ...«, murmelte er und ging auf die Tür zu.

Er legte die Hände an die kalte Oberfläche und drückte vorsichtig. Die Tür öffnete sich und Iscia schnappte nach Luft.

Sie blieben stehen und starrten in die schwarze Finsternis hinter der Tür. Ein kalter Luftzug schlug ihnen entgegen. Sie waren auf einmal ganz woanders. Das Büro musste sich tatsächlich bewegt haben. William trat einen Schritt auf die Tür zu und blieb dann stehen.

»Vorsicht«, sagte Iscia. »Ich habe viele Geschichten gehört …«

William wusste, dass er keine Wahl hatte. Wenn er mehr über seinen Großvater in Erfahrung bringen wollte, dann gab es nur eine Möglichkeit. Er ging hinaus in die Dunkelheit. Hörte weiter vorn ein leises Summen, sonst war alles ganz still.

»Das machen wir lieber zu zweit«, sagte Iscia und zog die Tür hinter ihnen zu.

William lächelte.

Plötzlich hörten sie über sich ein Klicken, und bald leuchteten Hunderte von Glühbirnen auf. Es war wie ein Feuerwerk in Schwarz-Weiß, ehe das Klicken verstummte und sie sich an das Licht gewöhnten.

»Wow«, rief Iscia und rieb sich die Augen.

Vor ihnen öffnete sich eine riesige Halle. Die Wände waren mindestens zwanzig Meter hoch. Und die Halle war gefüllt mit endlosen Reihen von Regalen, die über ihnen aufragten.

In der Decke saß ein kleines Ventil neben dem anderen, und ein Display an der Wand zeigte die Luftfeuchtigkeit an. Die war sehr niedrig.

»Was, wenn das, was wir suchen, ganz hoch oben ist?«, fragte Iscia und zeigte an den Regalen hoch.

»Es muss doch eine Möglichkeit geben, nach da oben zu kommen«, sagte William und schaute sich um.

Sein Blick blieb an einem Schild an dem nächststehenden Regal hängen. »Hütet euch vor Laika« stand handgeschrieben darauf.

»Wer ist Laika?« Er sah Iscia an.

»Keine Ahnung. Aber das gefällt mir nicht …« Sie verstummte. »Pst«, flüsterte sie.

Sie lauschten.

»Da war das Geräusch wieder«, flüsterte sie.

Und jetzt hörte William es ebenfalls – ein schwaches Echo von etwas, das sich irgendwo hinter den Regalen bewegte.

»Es kommt näher«, sagte er und trat einen Schritt zurück.

Plötzlich kamen zwei Trittleitern auf Rädern hinter einem Regal hervorgefahren. Eine schwarze und eine graue.

Die Trittleitern rasten in einem irrsinnigen Tempo auf sie zu. Fast sah es aus wie ein Wettrennen. Die schwarze Leiter versuchte, die graue in ein Regal zu pressen. Beide Leitern schlingerten auf dem letzten Stück der Strecke auf kreischenden Rädern und kamen dann unmittelbar vor William und Iscia zum Stillstand.

»Nimm mich«, riefen die Trittleitern im Chor. »Nimm mich!«

»Moment mal«, sagte die schwarze Leiter. »Das sind ja offenbar zwei.«

»Zwei?«, fragte die graue.

»Ja, zwei«, antwortete die schwarze.

Die Leitern verstummten für einen Moment, als ob sie darüber erst einmal nachdenken müssten.

»Nimm mich!«, sagte die schwarze Leiter.

»Nein, nimm mich!«, sagte die graue.

»Nimm mich!«, riefen sie im Chor.

»Was seid ihr denn nun wieder für Oboter?«, fragte William.

»Vertikal-Oboter«, antworteten die Leitern wie aus einem Munde. »Wir fahren dich, wohin du willst, wann du willst und wie hoch du willst.«

»Perfekt. Ich nehme eine und du nimmst eine«, sagte William und sah zu Iscia hinüber.

»Nimm mich! Nimm mich!«, riefen die Leitern wieder.

Iscia zögerte.

Aber William war schon auf die unterste Stufe der schwarzen Leiter gesprungen.

»Na los, das wird witzig«, sagte er.

Iscia verdrehte die Augen und stieg auf die unterste Stufe der grauen Leiter.

»Wohin willst du?«, riefen die Leitern im Chor.

William grinste. Er fand die Leitern witzig. Sie wollten sich offenbar um jeden Preis nützlich machen. Vielleicht fühlten sie sich einsam? Sie waren hier in dem riesigen Archiv sicher entsetzlich allein.

»Iscia will ihren eigenen Ordner, und ich möchte mehr über Tobias Wenton erfahren«, sagte William.

»Mann, wie öde. Wir haben hier jede Menge witzigere Sachen«, sagte die Leiter, auf der William stand. »Könnt ihr euch nicht etwas anderes aussuchen? Wir haben drei volle Regale über die industrielle Revolution.«

»Oder über die Mondlandungskonspirationen«, warf die andere dazwischen.

»Klingt spannend«, sagte William entschieden. »Aber nicht heute.«

»Okay«, riefen die Leitern und beschleunigten, dass die Räder nur so quietschten.

»Wir treffen uns wieder hier, wenn wir gefunden haben, was wir suchen«, rief William Iscia zu, ehe die Leitern sich trennten und zwischen den Regalen verschwanden.

»Okey-dokey«, rief Iscia zurück.

Williams Leiter wurde immer schneller. Er stieg zwei Stufen höher, um sehen zu können, wohin sie fuhren. Er musste sich mit beiden Händen festklammern. Die Trittleiter bog nach rechts und dann nach links ab und jagte in einem Affenzahn weiter. Plötzlich legte sie eine Vollbremsung hin.

»Tobias Wenton«, sagte die Stimme tonlos.

William sah sich um. Sie befanden sich in der hintersten Ecke des riesigen Archivs. Eine der Lampen an der Decke über ihm funktionierte nicht, und deshalb war es hier etwas dunkler. Eine dicke Staubschicht bedeckte die Ordner vor ihm. Das hier war offenbar nicht der meistbesuchte Teil des Archivs.

»Hat das ganze Regal mit Tobias Wenton zu tun?«, fragte William erwartungsvoll.

»Nein«, sagte die Leiter schroff.

»Wo ist Tobias Wentons Ordner?«, fragte William.

»Weiter oben«, sagte die Leiter und steuerte aufwärts.

William schaute kurz nach unten. Sie hatten bereits eine

schwindelerregende Höhe erreicht. Er konzentrierte sich auf die Ordner im Regal, und plötzlich kam die Leiter mit einem Ruck zum Stillstand. Sie schwankten einen Moment bedrohlich hin und her, dann fanden sie ihr Gleichgewicht.

»Professor Wenton«, sagte die Leiter.

William entdeckte einen Ordner, auf dessen Rücken jemand mit der Hand »T. W.« geschrieben hatte. Er nahm den Ordner heraus und blies den Staub weg, ehe er ihn öffnete. Beim Anblick des Inhalts wäre sein Herz fast stehengeblieben. Oder genauer gesagt, beim Anblick des nicht vorhandenen Inhalts, denn bis auf ein altes Foto war der Ordner leer. William nahm das Foto heraus und stellte den Ordner wieder zurück. Er schnappte nach Luft, als er erkannte, was auf dem Bild zu sehen war. Warum um alles in der Welt war ...

Ein Geräusch ließ ihn aufblicken. Er schob das Foto ganz schnell in die Hosentasche. Er war nicht allein.

26

Scharfe Krallen kratzten über den Boden.

»Was ist das?«, rief William, denn von seiner Trittleiter aus konnte er nichts sehen.

»Was denn?«, fragte die Leiter.

»Dieses Geräusch. Das klingt wie ... wie ein Tier ...?«

»Sicher Laika«, sagte die Leiter.

»Laika ...«, wiederholte William. Ihm fiel das Schild ein, das er am Eingang gesehen hatte. »Wer ist Laika?«

Die Leiter gab keine Antwort. Etwas lief kratzend hinter dem Regal vorüber.

»Ist Laika gefährlich?«, fragte William.

»Nur aus nächster Nähe«, sagte die Leiter.

»Ich habe, was ich brauche«, sagte William und schaute sich um. »Bring mich zu Iscia und dann nichts wie raus hier.«

Plötzlich erlosch das Licht.

William stand stocksteif und horchte.

Das Einzige, was er in der tiefen Finsternis hören konnte, war sein eigenes Herz, das wie ein wild gewordenes Pferd losgaloppierte. Dann hörte er das Geräusch von eben wieder, diesmal direkt unter sich. Scharfe Krallen auf dem harten Steinboden.

William versuchte, sich daran zu erinnern, wie hoch oben er war. Er beugte sich vorsichtig über den Rand der Leiter und schaute hinunter.

Dann sah er es.

Zwei Augen, die aus der Dunkelheit dort unten zu ihm hochschauten. Er hörte ein langes tiefes Knurren. William presste sich so eng er konnte an die Leiter und hielt den Atem an.

»Bitte ... bitte, geh weg, geh weg«, sagte er immer wieder leise.

Da klickte es an der Decke über ihm. Klick, klick, klick ... Eine Lampe nach der anderen sprang an und bald war die ganze Halle wieder in Licht getaucht. Er schaute nach unten. Die blauen Augen waren verschwunden.

»Bring mich hier raus!«, rief William.

»Bist du sicher, dass du keinen Blick auf die industrielle Revolution werfen willst?«, fragte die Leiter hoffnungsvoll.

»Ganz sicher«, sagte William.

Die Stufen zuckten und die Leiter fuhr langsam wieder zum Boden. William schaute sich nervös um. Kein Zeichen von Laika, was immer Laika nun sein mochte. Dann jagte die Leiter in wildem Tempo zwischen den hohen Regalen dahin, auf demselben Weg, auf dem sie gekommen waren.

Sie bogen um eine Ecke und William entdeckte Iscia, die auf halber Höhe eines Regals auf ihrer Trittleiter stand. Sie starrte in den Ordner, den sie in den Händen hielt. Sie schien das Gesuchte gefunden zu haben.

»Halt«, rief William.

Die Räder quietschten, als die Leiter seitlich schlingerte und vor Iscia zum Stillstand kam.

»Hast du ihn gefunden?«, fragte William.

»Mhm«, sagte Iscia, ohne seinen Blick zu erwidern.

Sie schlug den Ordner zu und schob ihn unter ihre Jacke.

»Wir müssen weg hier«, sagte sie, noch immer ohne den Blick zu heben.

»Stimmt was nicht?«, fragte William. Er fand ihr Verhalten irgendwie seltsam. Als ob sie ihm auswiche.

»Hier läuft irgendwo etwas herum, das Laika heißt. Ich glaube, wir sollten machen, dass wir wegkommen«, sagte er und schaute sich um.

Und dann sah er sie.

Die alte Frau stand ein Stück entfernt vor einem Regal. Sie stand einfach nur da, vollständig bewegungslos, und starrte ihn mit kalten Augen an. Und wieder saß der kleine Kolibri auf ihrer Schulter.

»Iscia«, flüsterte William, ohne die alte Frau aus den Augen zu lassen.

Iscia fuhr herum.

»Was machen wir jetzt?«, flüsterte sie dann.

»Ich zähle bis drei, dann ziehe ich dich zu mir herüber. Deine Leiter versperrt ihr den Weg, dann kann sie uns nicht verfolgen«, flüsterte William, beugte sich vor und packte Iscia am Arm. »Eins ... zwei ... drei.«

Iscia sprang.

»Los!«, rief William. Doch jetzt kam die alte Frau auf sie zu.

»Wohin denn?«, fragte die Leiter.

»Egal wohin, nur weg von hier«, rief William als Antwort. »Schnell!«

»Weg von hier, zu Befehl«, sagte die Leiter, fuhr rückwärts, machte eine scharfe Drehung und jagte davon.

William schaute sich zu der alten Frau um, die jetzt losgerannt war, schneller und schneller.

»Sie kriegt Probleme mit deiner Leiter«, rief William und schaute zu Iscias Leiter hinüber, die den Durchgang zwischen den Regalen versperrte.

Er schnappte nach Luft, als die alte Frau über die hohe Leiter sprang und die Verfolgung wieder aufnahm.

»Okay. Das geht nicht gut«, murmelte er vor sich hin.

Plötzlich sah William, dass die alte Frau sich in der Mitte teilte. Ihr Oberkörper löste sich von den Hüften, kippte vornüber und landete auf den Händen. Beine und Hüften wurden noch schneller.

Dann verwandelten sich die beiden Teile in etwas, das William schon bekannt vorkam.

27

»Ihr habt also einen kleinen Ausflug gemacht, wie ich sehe.«

Sie standen in Goffmans Büro neben dem großen Globus. William schaute zu Iscia hinüber, die noch immer ihren Ordner an sich presste.

»Wir wollten nur ...«, fing William an, verstummte dann aber. Sie waren erwischt worden. Jetzt würden auch keine Ausflüchte mehr helfen.

Goffman zeigte auf Iscia.

»Sie bleibt hier«, sagte er zu dem Mann, der Iscia festhielt. »Bring William auf sein Zimmer. Um den kümmere ich mich später.«

William versuchte Iscias Blick einzufangen. Aber sie wich ihm aus. Warum verhielt sie sich so seltsam? Hatte es mit dem zu tun, was sie in ihrem Ordner gesehen hatte?

»Schön, dich wiederzusehen ... Ihr seid erwischt worden, wenn ich das richtig verstanden habe?«, fragte die Tür und glitt ins Schloss.

William ging weiter ins Zimmer, ohne zu antworten.

»Du glaubst, dass ich das war, oder? Ich schwöre dir, dass ich nichts damit zu tun habe«, beteuerte die Tür.

»Außer dir hat aber niemand gewusst, dass ich noch mal losgegangen bin«, sagte William verärgert.

»Sei nicht so naiv«, sagte die Tür. »Das Institut hat überall Augen und Ohren. Ich begreife gar nicht, wie ihr überhaupt so weit kommen konntet, bevor sie euch gefasst haben. Was habt ihr denn gesucht?«

William zog das Foto aus der Tasche.

»Spielt keine Rolle. Der Ordner war sowieso fast leer. Und dann kamen diese beiden Typen und haben mich hergebracht. Zuerst dachte ich, sie sind eine alte Dame, aber die hat sich dann geteilt. Ich glaube, das sind gar keine Menschen.«

»Es sind Hybriden«, sagte die Tür.

»Hybriden?«, wiederholte William. »Ein bisschen Mensch und ein bisschen Maschine ... wie die Pflanzen im Garten?«

»So in etwa«, sagte die Tür. »Es gibt einige von ihnen hier im Institut. Sie sind so hoch entwickelt, dass man keinen Unterschied zwischen ihnen und echten Menschen sehen kann.«

William stutzte.

»Wer denn so alles?«, fragte er.

»Keine Ahnung. Das ist strikt geheim. Nur einige wenige wissen ...« Die Tür verstummte, als irgendwo im Institut eine Alarmsirene losschrillte. »Seltsam«, murmelte sie.

»Was ist denn los?«, fragte William.

»Keine Ahnung. Hab auch nichts von einer Brandschutzübung gehört. Vielleicht ist es etwas anderes«, sagte die Tür. »Lass uns einfach abwarten.«

William setzte sich aufs Bett und sah das Foto an. Er

kannte das, was darauf zu sehen war. Das Bild zeigte den alten Schreibtisch, den er von seinem Großvater geerbt hatte. Irgendwer musste den Ordner des Großvaters geleert haben. Aber hatten sie vergessen, das Bild mitzunehmen? Oder war es vielleicht eine Nachricht ... des Großvaters?

Plötzlich ging die Tür auf und der rothaarige Chauffeur kam hereinmarschiert. Er kam auf William zu, hob ihn hoch und warf ihn sich über die Schulter.

Das Tor zum kybernetischen Garten sprang auf und der Rothaarige ging weiter in den Garten hinein. William hing noch immer über seiner Schulter. In der Ferne heulte die Alarmsirene.

Die Pflanzen streckten sich nach ihnen aus und fauchten. Der Mann fauchte zurück und die Pflanzen wichen erschrocken aus. Wohin gingen sie? Sollte William den Pflanzen zum Fraß vorgeworfen werden?

Bald erreichten sie die kleine Oase mitten im Gewächshaus. Der Rothaarige setzte William ab und stellte sich neben den anderen Chauffeur, der dort schon auf sie wartete.

Auch Goffman war da. Er trat einen Schritt vor. Neben ihm entdeckte William eines der seltsamsten Geschöpfe, die er je gesehen hatte. Es hatte einen Körper aus spiegelblanken Metallteilen und einen ganz normalen Hundekopf.

William erkannte die blauen Augen sofort. Das musste einfach das Wesen sein, das ihm im Archiv gefolgt war.

Goffman streichelte den Kopf des großen Hundedings. »Du kennst Laika schon, glaube ich.«

William nickte.

Jetzt heulte eine nicht ganz so weit entfernte Sirene los.

»Warum wird Alarm gegeben?«, fragte William.

Goffman gab keine Antwort. Er hob den Blick zu der großen Uhr, die in den Händen der Springbrunnenstatue ruhte. Er schien auf etwas zu warten. Und da entdeckte William etwas, das er in Goffmans Augen nicht zu finden erwartet hatte.

Nämlich Angst.

William war klar, dass etwas passiert sein musste.

Er fuhr zusammen, als das Tor erneut aufsprang und Professor Slapperton außer Atem hereingestolpert kam.

»Es ist im Institut«, stotterte er.

»Es weiß, dass er hier ist«, sagte Goffman und sah William an.

»Wer weiß das?«, fragte William mit zitternder Stimme.

Und nun hörte er etwas, das ihn an etwas erinnerte, das er nur zu gern vergessen würde: Zweige, die brachen, und schwere Schritte, die durch den Garten dröhnten. Die Schritte kamen immer näher. Das, was jetzt auf sie zukam, musste dasselbe sein, was sie zu Hause in Norwegen angegriffen hatte.

Goffman hatte es jetzt eilig. »Komm«, rief er und winkte William mit sich.

Slapperton nahm Anlauf und sprang mitten in den Springbrunnen. Die Fische stoben auseinander, und einige schnellten aus dem Wasser hoch und spuckten ihn an. Aber Slapperton interessierte sich nicht für spuckende Fische. Er packte den Arm der Statue und riss energisch daran. Dann ertönte ein lauter Schrei, und etwas kam durch die Luft auf sie zugeschossen. Eine ausgerissene Kannibalenpflanze knallte neben William auf dem Boden, blieb liegen und krümmte sich.

»Komm«, rief Goffman noch einmal und stieg in den Springbrunnen. Laika wimmerte und sprang hinterher.

Der eine Chauffeur folgte ihrem Beispiel. Der andere war neben William stehen geblieben und sah Goffman mit einer Frage im Blick an: »Soll ich ihn tragen?«

William kletterte ganz von selbst schnell auf den Beckenrand.

An diesem Tag war er nun wirklich schon genug getragen worden.

28

Sie bewegten sich eilig weiter, in einen Fahrstuhl direkt unter dem Springbrunnen. Eine solide Eisenluke schloss sich über ihnen. Die kleine Gruppe blieb schweigend stehen, während der Springbrunnenfahrstuhl immer tiefer und tiefer in die Dunkelheit fuhr. William hätte gern gewusst, wie lange das so weitergehen würde. Er sah die anderen an. Die Stille war unerträglich. Er musste einfach etwas sagen.

»Was ist mit Iscia?«, William schaute zu Goffman hoch.

»Was soll mit ihr sein?«, fragte Goffman zurück.

»Ist sie in Gefahr?«

»Sie ist mit den anderen in Sicherheit.«

Goffman hatte offenbar im Moment kein Interesse daran, über Iscia zu sprechen.

Der Springbrunnenfahrstuhl ruckelte. Dann hielt er an und die Wand vor ihnen öffnete sich.

»Komm!«, sagte Goffman.

Laika sprang hinterher. Slapperton gab William ein Zeichen, vor ihm zu gehen. Und dann eilten sie durch einen langen Gang ohne Türen und Fenster. Williams Ohren waren wie taub. Er versuchte zu schlucken, aber das half nicht.

Nach einer Weile blieben sie vor einer massiven Tür stehen, die aussah wie die Tür zu einem Luftschutzraum. Slapperton hielt den Daumen vor einen Sensor in der Wand, und die Tür glitt auf.

»Willkommen, Professor Slapperton«, sagte eine Stimme, die William bekannt vorkam.

»Danke, Malin«, sagte Slapperton und ging hinein.

»Willkommen in der Ultrageheimen Abteilung des Instituts«, flüsterte Slapperton. »Hier lang.«

William schaute sich um. Sie waren von Maschinen in allen erdenklichen Größen und Formen umgeben. Einige waren mit kleinen Schildern behängt: »Degenerator, Schrumpfomat, Zeitklammermaschine, Antimateriehervorrufer«. Er ging hinter Slapperton an einer rostigen Tonne mit der Aufschrift »Vergangenheitsturbine« vorbei.

Vor ihnen tauchte eine weitere Tür auf, auf der »Zum Vakuumzug« stand.

Slapperton hielt den Daumen vor einen Fingerabdrucksensor in der Wand.

Keine Reaktion.

»Da soll mich doch dieser und jener«, sagte er mit wachsender Panik in der Stimme und unternahm noch einen Versuch.

»Stimmt etwas nicht?«, fragte Goffman.

Slapperton versuchte es mit dem anderen Daumen. Noch immer keine Reaktion.

»Das Ding funktioniert nicht«, sagte Slapperton. »Irgendwer hat offenbar ...«

Dann erlosch das Licht.

Sie standen in tiefer Finsternis. Über ihnen dröhnte es.

»Es ist da«, flüsterte Slapperton. »Hier entlang«, sagte er dann und zeigte mit einer kleinen Taschenlampe in die Dunkelheit.

Er riss eine rote Brandschutztür auf. William und die anderen kamen gleich hinter ihm. Slapperton leuchtete in die Dunkelheit und zeigte ihnen eine enge Treppe. Goffmans lange Beine schafften drei Stufen auf einmal. William fiel es schwer, mit ihm Schritt zu halten.

Als sie unten an der Treppe angekommen waren, hörten sie über sich eine Explosion. William schaute auf und sah Flammen und Rauch auf sie zukommen.

»Schnell«, rief Slapperton und zeigte auf einen Eisenbahnwaggon vor ihnen.

William schaute sich um. Offenbar standen sie hier auf einem unterirdischen Bahnsteig.

»Rein mit euch!«, rief Slapperton.

Von innen sah der Waggon ganz normal aus. Es gab zwei Reihen von Sitzen, auf jeder Seite eine. Aber die Sitze sahen eher aus wie die in Rennwagen. Mit tiefen Nackenstützen und doppelten Sicherheitsgurten.

»Anschnallen!«, rief Slapperton und ließ sich auf den vordersten Sitz fallen.

Die Zugwand dröhnte.

»Es ist gleich hier«, rief Goffman.

Slapperton drückte auf zwei rote Knöpfe zugleich und ließ sich zurücksinken.

»Hoffentlich funktioniert das«, sagte er und schloss die Augen. »Haltet euch gut fest und legt den Kopf gegen die Nackenstütze.«

Ein weiterer Schlag traf die Wand gleich neben William. Dann war ein tiefes Dröhnen zu hören, gefolgt von einem lauten »Schwupp«, und sie wurden in ihre Sitze gepresst. Der Zug beschleunigte dermaßen, dass William sich nicht mehr bewegen konnte.

Nach einer Weile ließ der Druck nach und alles wurde wieder normal. William setzte sich gerade hin und schaute sich um.

»Bewegen wir uns?«, fragte er.

»Und wie«, sagte Slapperton. »Wir haben schon fünfhundert Stundenkilometer erreicht. Bei knapp über tausend wird sich die Geschwindigkeit dann stabilisieren.«

29

Slapperton öffnete seinen Sicherheitsgurt und streckte die Beine aus. Laika drehte ein paar Runden und legte sich dann zu Goffmans Füßen nieder. Der große Hund schloss die leuchtenden Augen und fing an zu schnurren wie eine Katze. William schaute zu den beiden Chauffeuren hinüber, die sich ein Stück von ihm entfernt gesetzt hatten. Er konnte sie nicht leiden.

»Was hat uns da oben angegriffen?« Er drehte sich zu Slapperton um

»Eine Art Maschine«, antwortete Slapperton.

»Dieselbe, die uns auch in Norwegen angegriffen hat?«

»Vermutlich«, sagte Slapperton.

»Ein Roboter?«

»Ja. So kannst du das wohl nennen. Überaus hoch entwickelt«, sagte Slapperton. »Wenn man ihn entdeckt, ist es in der Regel zu spät.«

»Ist das ... Abraham Talleys Roboter?«, fragte William.

Slapperton und Goffman wechselten einen Blick.

»Das glauben wir zumindest«, sagte Slapperton.

»Wohin fahren wir?«, fragte William. Er fand es jetzt an der Zeit, dass er erfuhr, war hier los war.

»Nach London«, sagte Slapperton. »An den sichersten Aufenthaltsort, den es im Moment für uns gibt. Zum Zentrum für Fehlinformation.«

»Fehlinformation?«, fragte William.

»Ja. Das Zentrum für Fehlinformation wird von Blenda Schweigestyll geleitet. Sie war auch eine der Gründerinnen des Instituts.«

»Ich dachte, mein Großvater hat das Institut gegründet?«, fragte William.

»Wir waren zu viert. Dein Großvater, Blenda, Fritz ... und ich.«

Slapperton beugte sich vor, stützte die Ellbogen auf die Knie und schaute William lange und ernst an.

»Ich glaube, es wird Zeit, dir zu sagen, was hier vor sich geht«, sagte er endlich.

William nickte erwartungsvoll. Das sah er auch so.

»Weißt du noch, dass ich dir den Keller unter dem Institut gezeigt habe?«

»Ja.« William zögerte. Die Vorstellung, dass sein Großvater etwas gestohlen haben könnte, behagte ihm überhaupt nicht.

»Das verschwundene Luridium?«, fragte Slapperton als Nächstes.

»Ja. Ich kann mich an alles erinnern«, sagte William ein wenig verlegen.

»Wie ich dir erzählt habe, ist Luridium ein intelligentes Metall. Wir wissen nicht, wer es entwickelt hat oder warum. Aber es ist sehr alt«, sagte Slapperton. »Es kann selbst denken, braucht aber den Kontakt zu einem lebenden Organismus, um zu funktionieren. Trotzdem kann Luridium ziemlich lange in einem passiven Zustand verharren. Bis es gefunden wird. Du weißt sicher auch noch, dass Abraham Talley der Erste in moderner Zeit war, der einen Klumpen Luridium entdeckt hat?«

William nickte.

»Als Talley das Luridium gefunden hatte, ging es in seinen Körper über und er fiel ins Koma. Er wurde ins Krankenhaus gebracht, verschwand aber einige Tage später. Du weißt sicher noch, was aus den restlichen Tunnelarbeitern geworden ist?«

»Ja«, sagte William. Er wurde jetzt ungeduldig. Das hatten sie doch alles schon besprochen. Er wollte wissen, was aus seinem Großvater geworden war.

»Als der Gang, in dem die Arbeiter umgekommen waren, untersucht wurde, entdeckten die Ermittler ein uraltes und undurchdringliches, mit Inschriften bedecktes eisernes Tor«, sagte Slapperton jetzt. »Die Bauarbeiten wurden unterbrochen, und man versuchte lange, diese Inschriften zu entziffern. Aber nur zwei der Zeichen waren verständlich: Kammer und Technologie.«

Slapperton schaute Goffman an und gab ihm ein Zeichen, weiterzureden. Goffman räusperte sich feierlich.

»Nicht weit von diesem Eisentor entfernt wurde eine mechanische Kugel gefunden ... ein Orbis. Auch der war von unverständlichen Zeichen bedeckt. Aber keines der Zeichen stimmte mit denen auf dem Eisentor überein. Niemand konnte einen Zusammenhang finden ... nach einigen Jahren wurde die Sache aufgegeben. Aus purer Verzweiflung, weil sie endlich das Tor öffnen wollten, ließen sie dann eine Sprengladung hochgehen, die große Teile des Tunnelsystems zum Einsturz brachte. Viele verloren dabei ihr Leben. Danach wurde das ganze Projekt ergebnislos eingestellt. Der Tunnel, in dem sich das Eisentor befand, wurde versiegelt, dann wurden die Bauarbeiten wieder aufgenommen.«

»Was ist aus dem Orbis geworden?«, fragte William.

»Der Orbis wurde in einem Kellergewölbe in einem Museum in Oxford versteckt«, sagte Goffman. »Niemand konnte begreifen, was das für ein Gegenstand war oder wozu er diente. Im Laufe der Jahre gerieten der Orbis und der versiegelte Tunnel dann in Vergessenheit.«

»Was ist aus Abraham Talley geworden?«, fragte William.

»Das weiß niemand. Er ist erst hundert Jahre später wiederaufgetaucht, zu Beginn der Sechzigerjahre. Er brach in das Museum ein und versuchte, den Orbis an sich zu bringen. Aber er wurde entdeckt und musste mit leeren Händen den Rückzug antreten.

Dein Großvater, Benjamin, Blenda und ich studierten damals noch in Oxford. Uns war klar, dass diese seltsame Metallkugel, die niemand begriff, ein Geheimnis bergen musste. Sie hatte keinen Namen, und weil sie rund war, nannten wir sie einfach Orbis.

Wir fingen an, die Geschichte des Orbis auszugraben, und damit kamen wir zu dem vergessenen Eisentor im Londoner Untergrund. Wir konnten sogar einige alte Zeichnungen der Inschriften im Tor ausfindig machen. Dein Großvater konnte viele davon entziffern, und auf diese Weise haben wir dann zum ersten Mal von Luridium erfahren. Uns war klar, dass es hinter dem Eisentor mehr Luridium geben konnte. Und dass der Orbis eigentlich eine Art Schlüssel war. Als uns dieser Zusammenhang klar wurde und wir vermuteten, dass Talley Luridium im Körper hatte und wie gefährlich dieses Luridium sein konnte, gründeten wir das Institut. Wir wollten die Menschen schützen. Indem wir das Luridium versteckten. Wir suchten weiter nach dem Eisentor. Aber wir durchkämmten nun auch die restliche Welt nach unterirdischen Gängen und Luridiumvorkommen. Das wenige, das wir fanden, versteckten wir im Institut. Wir konnten nicht riskieren, dass es in die falschen Hände fiel.«

»Was ist mit dem Eisentor?«, fragte William. »Habt ihr das gefunden?«

»Alle Spuren davon sind verschwunden, als London im Zweiten Weltkrieg bombardiert wurde. Und das Untergrundsystem ist riesig«, sagte Slapperton. »Dein Großvater war jedenfalls für den Schlüsselorbis zuständig. Und er war von der Vorstellung wie besessen, das Eisentor zu finden. Kurz vor seinem Verschwinden hat er mir etwas von einem großen Durchbruch erzählt. Dann passierte der Unfall mit dir und deinem Vater. Natürlich ließ er alles stehen und liegen und fuhr los, um sich um euch zu kümmern. Und als er kurz danach verschwand, verloren wir den Einzigen, der eine Möglichkeit besaß, in die Kammer hinter dem Eisentor zu gelangen.«

»Und deshalb haben Sie sich auf die Suche nach anderen

gemacht, die das vielleicht schaffen könnten?«, fragte William.

»Ja«, sagte Goffman. »Wir haben in aller Welt Wettbewerbe zum Codeknacken arrangiert. Und dann haben wir angefangen, Kandidaten im Institut aufzunehmen. Die Orben im Institut sind Kopien des Originalorbis. Und wir hofften natürlich, dass du die Begabung deines Großvaters für Codes geerbt hattest. Und deshalb haben wir alles Mögliche unternommen, um dich zu finden. Wer hätte aber gedacht, dass ihr euch in Norwegen versteckt hattet?«

»Glauben Sie, dass mein Opa das Tor öffnen konnte und jetzt noch dahinter ist?«, fragte William.

»Das hoffen wir«, sagte Slapperton und beugte sich weiter vor, wie um ein schreckliches Geheimnis zu erzählen. »Ich persönlich glaube, dass er das Tor schon lange vor seinem Verschwinden geöffnet hat. Aus irgendeinem Grund hat er uns das aber nicht gesagt.«

»Und jetzt wollen Sie, dass ich versuche, es zu öffnen?« William sah die beiden an.

»Zuerst müssen wir es finden. Ich glaube aber, du kannst deinen Orbis dazu bringen, uns den Weg zu zeigen«, sagte Goffman. »Es ist wichtig für uns, deinen Großvater zu finden. Aber wir müssen auch das an uns bringen, was hinter dem Tor ist, damit es Talley nicht in die Hände fällt. Wenn es dort wirklich Luridium gibt, wäre es eine Katastrophe, wenn Talley es an sich reißen könnte«, sagte Goffman.

»Aber kann mein Großvater dort so lange überlebt haben?«, fragte William.

»Das weiß ich nicht«, sagte Slapperton. »Wir können es nur hoffen. Den Großvater ist ein sehr kluger Mann.«

»Wir verlangsamen«, sagte Malin über Lautsprecher. »Ankunft im Zentrum für Fehlinformation in drei Minuten.«

30

Slapperton stand vor einer hohen Schranke und wartete darauf, dass die Frau dahinter ihr Telefongespräch beendete. William und Goffman standen gleich hinter ihm. Laika lief um sie herum und schaute sich nervös um. Es war deutlich, dass sie sich hier nicht wohlfühlte. Sie standen in einem großen Raum mit riesigen Glaswänden und einer Schwingtür, die auf die Straße hinausführte. Mitten im Raum thronte ein Springbrunnen. William fand, dass er dem im Institut ähnelte.

Die Frau hinter der Schranke war jetzt fertig. Sie legte auf und sah Slapperton mit aufgesetztem Lächeln an.

»Ja ...?«, fragte sie.

»Wir möchten zu Professor Schweigestyll«, sagte Slapperton. »Blenda Schweigestyll.«

»Bedaure. Aber hier arbeitet keine Person dieses Namens«, sagte die Frau und lächelte wieder.

Slapperton verdrehte die Augen.

»Hören Sie doch auf. Müssen wir das jedes Mal durchspielen, wenn ich herkomme?«

»Ich habe Sie noch nie gesehen«, sagte die Frau höflich.

Slapperton schob gereizt die Hand in seine Jacke und zog

eine schwarze Brieftasche hervor, die mit Bildern von kleinen Planeten bedruckt war. Er öffnete sie und zog eine Karte heraus, die er der Frau reichte. Die sah sich die Karte ganz genau an, dann gab sie sie zurück und griff zum Telefonhörer.

»Nehmen Sie Platz. Frau Schweigestyll wird gleich hier sein.«

»Willkommen, willkommen«, rief eine laute Frauenstimme.

William schaute auf und sah eine Art kleinen Golfwagen, der in hohem Tempo auf sie zukam. Aber der Wagen hatte keine Reifen. Er schwebte auf einem großen schwarzen Luftkissen über den glatten Boden.

»Professor Schweigestyll«, rief Slapperton und hob die Hände.

Die Frau hinter dem Lenkrad lächelte. Sie trug einen gestreiften grauen Anzug und hatte kurz geschnittene schwarze Haare. Auf ihrer Nase saß eine dunkle Sonnenbrille.

Der Golfwagen drehte eine Runde um den großen Springbrunnen mitten in der Halle und kam dann vor ihnen zum Stehen.

»Neidisch?«, gurrte Professor Schweigestyll und grinste Slapperton an. »Hab ihn seit voriger Woche.«

»Luftkissentechnik?«, fragte Slapperton.

»Anti-Isotop-Hubkraft. Betaversion«, sagte die Professorin und lächelte stolz.

»Natürlich.« Slapperton nickte.

William starrte die Sonnenbrille der Professorin an. Zwei

fadendünne Kabel führten von den Brillengläsern in die Stirn der Professorin.

Er beugte sich zu Goffman vor und flüsterte, damit sie es nicht hörte:

»Was ist das denn für eine Brille?«

»Sie ist blind, aber damit kann sie sehen«, flüsterte Goffman zurück.

»Können wir uns irgendwo in Ruhe unterhalten?«, fragte Slapperton.

Die Professorin wurde ernst.

»Eijeijei. Das ist also nicht nur ein Höflichkeitsbesuch, ja?«, flüsterte sie und wendete um hundertachtzig Grad. »Dann steigen Sie ein, meine Herren.«

Nach einer atemberaubenden Fahrt hielt das Luftkissenfahrzeug vor einer Tür, auf der »Antiaudiokammer« stand.

»Ihr zuerst«, sagte Schweigestyll, als die Tür aufsprang, und sie gingen hinein. Die Chauffeure und Laika mussten draußen bleiben.

Das Zimmer war leer. Die Wände waren mit etwas gepolstert, das aussah wie Sofakissen. Schweigestyll hielt den Zeigefinger an die Lippen, um ihnen klarzumachen, dass sie nichts sagen durften. Sie ging weiter zu einer Schalttafel an der Wand und drückte auf einige Knöpfe. Ein leises Summen ertönte aus kleinen, oben unter der Decke angebrachten Lautsprechern.

»Intelligente Lautaufhebung«, sagte sie und nickte zu den Lautsprechern hoch. »Jetzt können wir unbesorgt reden.«

Sie ließ ihren Blick über ihre Gäste gleiten und richtete ihn dann auf William.

»Ist er das?«, fragte sie.

»Ja«, sagte Slapperton.

»Wir kennen uns von früher. Weißt du das?«, fragte sie.

»Nein«, sagte William und schüttelte den Kopf.

»Du warst noch ein Baby. Gerade neugeboren. Damals hatte ich meine Augen noch. Du warst ein süßes kleines Ding.« Sie legte eine Pause ein.

Dann drehte sie sich zu Slapperton um. »Was ist passiert?«

»Es hat uns gefunden«, flüsterte Slapperton.

»Das war mir schon klar«, sagte die Professorin ernst und überlegte. »Wir haben ja gewusst, dass dieser Tag kommen würde. Wollt ihr versuchen, das Tor zu finden?«

»Ja«, sagte Slapperton. »Und wir brauchen bis morgen früh einen Unterschlupf.«

Professor Schweigestyll gab einen Code ein und die Tür sprang wieder auf. »Wir müssen dich in Sicherheit bringen«, sagte sie und winkte William aus dem Zimmer.

Das Luftkissenfahrzeug glitt in einem wahnwitzigen Tempo durch den langen Gang. Professor Schweigestyll zog ein Telefon aus der Tasche und wählte eine Nummer.

»Ich bin's. Wir sind unterwegs in den Keller. Code elf gilt. Ja, elf. Nein, das ist keine Übung.«

Gleich darauf heulte ein Alarm los.

Dann war dumpfes Dröhnen von schweren Türen zu hören, die überall in dem riesigen Gebäude ins Schloss fielen. Das Licht im Gang flackerte einige Male, dann wurde es trüber und stabilisierte sich.

»Wir sind auf die interne Stromversorgung umgestiegen«, sagte Schweigestyll. »Offiziell sind wir jetzt von der Welt abgeschnitten.«

»Wir haben diese Zellen schon lange nicht mehr benutzen müssen, aber sie sind immer wieder auf den neuesten Stand gebracht worden«, erklärte Professor Schweigestyll, als sie im Keller angekommen waren. »Ihr bekommt jeder ein eigenes Zimmer. Die Zimmer sind so gebaut worden, dass nichts eindringen kann, aber im Notfall kann man trotzdem schnell entkommen. In jedem gibt es eine Notschleuse. Die führt direkt aus dem Gebäude hinaus. Selbstverständlich dürfen die Schleusen nur im Notfall benutzt werden.«

»Selbstverständlich«, sagte Slapperton und warf Goffman einen nervösen Blick zu.

31

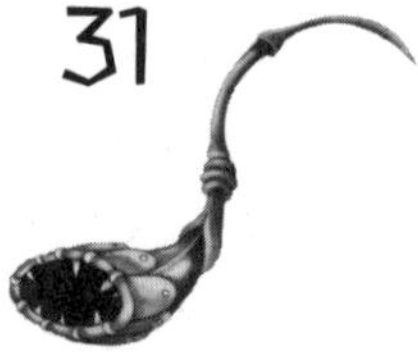

Willliam lag im Bett in seinem winzigen Zimmer. Er starrte zur Decke hoch. Sein Gehirn brodelte von all den Informationen, die er im Zug hierher bekommen hatte. Er drückte sich den Orbis mit beiden Händen gegen die Brust. Aus irgendeinem Grund fühlte er sich dann sicherer.

Konnte er sich darauf verlassen, was Slapperton und Goffman ihm erzählt hatten? Ihm wurde geradezu schwindlig, während er darüber nachdachte.

Die Matratze war hart, aber er merkte, wie die Müdigkeit ihn überwältigte. Seine Gedanken wurden immer verschwommener und er konnte die Augen nur noch mit Mühe offen halten.

Dann schloss er sie.

»William«, flüsterte eine Stimme.

William setzte sich im Bett auf. Er hatte tief geschlafen und musste sich zum Wachwerden zwingen. Er rieb sich die Augen und schaute sich um. Dann entdeckte er die Silhouette eines Mannes, der mitten im Raum stand. Die Gestalt zitterte ein wenig. Sie verschwand plötzlich, und dann tauchte sie wieder auf. Ein Hologramm!, dachte William.

»William …«, wiederholte die Stimme.

William überlegte. Er war sich nicht ganz sicher, konnte das denn wirklich …

»Opa?«, flüsterte er.

Aber das Hologramm gab keine Antwort. Es war vermutlich nur eine alte Aufnahme. William stand auf und ging vorsichtig einige Schritte näher heran, aber alles, was er sehen konnte, waren die dunklen Umrisse eines älteren Mannes.

»William. Ich weiß nicht, wie alt du bist, wenn du das hier siehst, und ich weiß nicht, wie viel du bereits weißt. Aber da du hierhergekommen bist, gehe ich davon aus, dass du schon einiges in Erfahrung gebracht hast. Lass mich mit dem Nächstliegenden anfangen. Mein Name ist Tobias Wenton. Ich bin dein Großvater.« Er legte eine kurze Pause ein. »Du bist umgeben von Geheimnissen aufgewachsen. Und du fragst dich sicher, was eigentlich los ist. Es ist nur recht und billig, dass du alles erfährst. Vor allem, da ich dich bald um einen wichtigen Dienst bitten werde.«

Der Großvater legte eine Pause ein, dann fügte er hinzu:

»Als du dreieinhalb Jahre alt warst, wart dein Vater und du in einen schweren Verkehrsunfall verwickelt. Dein Rückgrat wurde komplett zerstört. Zertrümmert ist wohl das richtige Wort. Ich war damals bei einer Grabung in Tibet. Ich ließ alles stehen und liegen und kam mit dem ersten Flugzeug zurück nach London. Dein Vater lag mit gebrochenem Genick im Koma, und du … die Ärzte konnten nichts tun. Sie konnten dir nur Morphium geben und darauf warten, dass die Natur ihren Lauf nahm. Niemand kann ohne Rückgrat lange leben.

Ich musste etwas unternehmen. Mir blieb nichts anderes übrig. Und es gab nur eins, was dich retten konnte.«

Der Großvater legte wieder eine Pause ein, ehe er sagte:

»Aber ich wusste, dass das Institut mir das niemals erlauben würde. Deshalb musste ich es stehlen. Nachdem ich dir das Luridium gegeben hatte, besserte sich dein Zustand. Aber nun war das Institut hinter mir her. Und Abraham Talley ebenfalls. Ich hatte das einzige Luridium gestohlen, das wir hatten auftreiben können. Ich musste verschwinden, um die Aufmerksamkeit von dir abzulenken.«

Der Großvater rückte seine Brille gerade.

»Ich wusste, dass ich das, was das Institut und ich so lange bekämpft hatten, selbst erschaffen würde, wenn ich dir Luridium gab. Das Luridium würde auf dich übergreifen und am Ende …«

Wieder legte der Großvater eine Pause ein.

»Wenn ein Mensch Luridium in sich aufnimmt, übernimmt das Luridium die Funktion der beschädigten Körperteile. In deinem Fall waren das das Rückgrat und Teile des Gehirns. Ich hatte schon vor dem Unfall dein besonderes Talent zum Codeknacken erkannt. Als ich dir das Luridium gegeben hatte, wusste ich, dass sich dein Talent verhundertfachen würde. Das macht dich zum mit Abstand besten Codeknacker auf der Welt, William. Deshalb musst du sehr vorsichtig sein. Viele werden dich ausnutzen wollen. Ohne das Luridium hättest du damals nicht überlebt. Aber du bist nicht ganz so menschlich, wie du bisher geglaubt hast … du bist zu neunundvierzig Prozent Metall, William.«

William wurde es schwarz vor Augen. Er geriet aus dem Gleichgewicht und stürzte zu Boden.

»Deshalb ist Abraham Talley hinter dir her«, sagte jetzt sein Großvater. »Er will das haben, was in dir steckt. Und wenn er dich findet ...« Der Großvater unterbrach sich. Als ob der bloße Gedanke daran, was passieren könnte, ihn schon vollständig lähmte.

William kam mühsam wieder auf die Beine.

»Das Allerwichtigste für dich ist jetzt, mich zu finden. Mein Körper liegt eingefroren in einem geheimen Bunker tief unter dem Victoria-Bahnhof. Ich hoffe, du hast einen Orbis bekommen. Ohne Orbis kommst du dort nicht hinein. Du bist der Einzige, der das Eisentor finden und öffnen kann. Ich habe Spuren für dich ausgelegt. Komm allein. Und es ist überaus wichtig, dass du nur Tank Nummer sieben auftaust. Sprich mit niemandem. Ich weiß nicht, wem du vertrauen kannst.«

Die Lampen in der Kammer flackerten. Das Hologramm des Großvaters zitterte und verschwand mit einem »Zapp«.

»Opa?«, fragte William, bekam aber keine Antwort.

William blieb mitten im Zimmer stehen. Konnte das alles wirklich stimmen? Bestand er zu neunundvierzig Prozent aus Metall? War er also eine Art Maschine?

Er fasste sich mit einer zitternden Hand ans Gesicht. Er fühlte sich an wie immer. Wie ein Mensch.

Er brauchte Luft. Er musste raus hier.

Da entdeckte er hinter dem Bett eine rote Klappe. Darüber stand in großen weißen Buchstaben: »Notschleuse«.

32

William landete mit dem Gesicht zuerst im Schnee. Er blieb liegen und rang nach Atem. Er wusste nicht, wie lange oder wie weit er gelaufen war. Er hatte sich kaum noch umgeschaut, sowie er das Zentrum für Fehlinformation verlassen hatte. Die Notschleuse hatte ihn in eine dunkle Seitengasse geschleudert. Und dann war er einfach losgerannt.

In der vergangenen Stunde hatte es heftig geschneit, und sein dünnes Jackett war nicht gerade warm. Bisher hatte er nur Räumfahrzeuge und Taxis gesehen, aber jetzt wimmelte es auf den Straßen von Menschen.

Als er wieder zu Atem gekommen war, setzte er sich auf. Er befand sich in einem großen Park. Geschäftige Menschen eilten vorüber.

»William«, hörte er plötzlich hinter sich eine Stimme.

Er kannte diese Stimme. Und fuhr herum.

»Iscia?«, flüsterte er.

Iscia half ihm beim Aufstehen und zog ihn mit sich.

»Komm«, flüsterte sie.

Bald darauf saßen William und Iscia in einem kleinen Café. Leise Klaviermusik strömte aus den Lautsprechern unter der Decke. Das Café war gut gefüllt mit Leuten, die

Schlange standen, um sich ihren Morgenkaffee zu kaufen. William und Iscia hatten sich in eine ruhige Ecke beim Fenster gesetzt. Immer wieder schaute Iscia hinaus, als ob sie auf jemanden wartete. Oder sich fürchtete.

William rieb mit den Händen über seine Oberschenkel und merkte, dass seine Finger langsam wieder Gefühl bekamen. Eine lächelnde Serviererin kam zu ihnen herüber.

»Was darf es sein?«, fragte sie.

»Äh«, würgte William hervor. »Ich habe kein ...«

»Ich habe Geld«, sagte Iscia und schaute zu der Frau hoch. »Können wir zwei große Pfannkuchen mit Sahne und zwei Tassen Kakao haben? Auch mit Sahne?«

Die Frau notierte die Bestellung auf ihrem Block und verschwand.

Sie schwiegen eine Weile. William schaute sich um. Alles hier wirkte so normal.

»Was machst du hier?«, fragte er.

»Ich bin durchgebrannt«, sagte sie ein wenig verlegen.

»Warum?«

»Will lieber nicht darüber sprechen.«

»Wie hast du mich denn gefunden?«, fragte er.

»War eigentlich nicht so schwer«, sagte Iscia. »Es ist ganz üblich, mit dem Vakuumzug zum Institut für Fehlinformation zu fahren, wenn das Institut angegriffen wird.«

»Wird das Institut denn oft angegriffen?«, fragte William.

»Nein, aber ich habe die Vorschriften gelesen«, sagte sie mit vielsagendem Lächeln. »Da du nach dem Angriff samt Goffman und Slapperton verschwunden warst, habe ich mir gedacht, dass ihr euch mit dem Vakuumzug nach London abgesetzt hattet. Und ich hatte das Institut und die vielen Maschinen ohnehin satt. Brauchte mal einen Tapetenwechsel.«

»Was ist aus den anderen geworden? Ist irgendwer verletzt?«, fragte William.

»Das, was uns angegriffen hat, ist gleich danach wieder verschwunden. Offenbar ging es nur um dich. Hast du eine Ahnung, warum?«, fragte Iscia.

William schüttelte den Kopf und starrte die Tischplatte an.

»Alles in Ordnung bei dir?«, fragte Iscia mit besorgter Stimme.

»Sicher«, sagte William, ohne aufzuschauen.

Dabei hätte er ihr so gern alles erzählt. Dass er auch so eine war. Eine Art Maschine. Er musste das mit jemandem teilen. Aber das konnte er nicht. Sein Großvater hatte ihm doch eingeschärft, dass er es nicht weitersagen dürfte. Außerdem wusste er ja nicht, wie Iscia reagieren würde.

Die Serviererin brachte zwei frisch gebackene Pfannkuchen und zwei große Tassen Kakao. Sie lächelte William und Iscia zu.

»Hoffentlich schmeckt es«, sagte sie und ging.

William steckte sich ein Stück Pfannkuchen in den Mund. Er schloss die Augen. Für einen kleinen Moment träumte er sich weit weg. Es war, als ob er wieder zu Hause wäre. Seine Mutter hatte sonntags zum Frühstück immer Pfannkuchen gemacht. Er merkte, dass er schrecklich hungrig war. Er trank einen großen Schluck Kakao. Spürte, wie sich die

Wärme in seinem Körper ausbreitete. Er öffnete die Augen, sah Iscia an und lächelte. Sie lächelte zurück. Wie das Licht, das durch die großen Fenster hereinfiel. Ihr Lächeln hatte das gleiche Leuchten.

»Warum bist du allein? Wo sind die anderen?«, fragte sie und schnitt sich ein großes Stück Pfannkuchen ab.

William zögerte.

Er wusste nicht so recht, was er antworten sollte. Konnte er sich auf Iscia verlassen? Er hatte nicht vergessen, wie seltsam sie gewesen war, nachdem sie ihren Ordner gefunden hatte. Und dass Goffman danach erst mit ihr allein hatte sprechen wollen. Er überlegte eine Weile. Aber wenn er sich nicht auf sie verlassen könnte, auf wen dann? Er beschloss, ihr ein bisschen was zu erzählen.

»Ich bin durchgebrannt. Genau wie du«, sagte er und lächelte verlegen.

»Du bist durchgebrannt? Warum?«, rief sie. »Hat das mit deinem Großvater zu tun? Hast du in seinem Ordner im Archiv etwas gefunden?«

»Ja. Es hat etwas mit ihm zu tun«, sagte William und zögerte. »Jemand ist hinter mir her.«

»Wer denn?«

»Ich kann nicht so viel sagen, Iscia. Vielleicht kann ich dir später mehr erzählen. Wenn sich die Lage beruhigt hat.«

»Aber was hast du jetzt vor? Allein in London herumrennen?«, fragte sie.

»Ich muss meinen Großvater finden. Er ist ...«, begann William, aber er verstummte, als er aus dem Fenster schaute und draußen eine alte Dame sah. Er erkannte sie sofort. Es war die alte Frau aus dem Institut. Oder genauer gesagt, es waren die beiden Chauffeure.

»Komm«, sagte er und zog Iscia mit sich. »Sie haben uns gefunden.«

33

William und Iscia rannten, so schnell sie konnten, und blieben schließlich vor dem Haupteingang zum Victoria-Bahnhof stehen. William wischte sich den Schweiß von der Stirn.

»Da ist sie«, flüsterte Iscia und zeigte auf die andere Straßenseite.

Und richtig. Die alte Dame bahnte sich einen Weg durch die Menschenmenge. Ihr Blick war starr auf William gerichtet. Sie lief einfach so auf die Straße hinaus. Ein Bus musste eine Vollbremsung hinlegen, um sie nicht anzufahren, aber sie lief weiter, als ob nichts geschehen wäre.

»Komm«, sagte William und zog Iscia hinter sich her.

Sie rannten in den Bahnhof und verschwanden im Gewühl in der riesigen Halle. Sie liefen die Treppen zur U-Bahn hinunter und blieben vor einer langen Reihe von Fahrkartenkontrollautomaten stehen. Ein großes Schild an der Wand mahnte: »Fahrkarten nicht vergessen!«

»Wie kommen wir hier durch?«, fragte William und schaute sich nervös um.

»So«, sagte Iscia und folgte einem rundlichen Mann im Anzug. Der schob seine Fahrkarte in den Automaten und ging durch die Sperre, dicht gefolgt von Iscia.

»Na los«, rief sie und zeigte auf ein junges Mädchen, das gleich hinter ihnen die Treppen hinunterkam.

Aber William nahm lieber Anlauf und sprang über einen Durchgang für Kinderwagen und Rollstühle. Eine tiefe Männerstimme erscholl hinter ihm:

»He, du da!«

William drehte sich um und sah einen Fahrkartenkontrolleur, der ihn entdeckt hatte.

»Lauf, William«, rief Iscia.

Sie drehte sich um und rannte auf die Rolltreppen zu, die weiter nach unten führten. William lief hinterher.

Die Rolltreppen waren überfüllt und bewegten sich nur im Schneckentempo abwärts. William blickte sich um. Der Fahrkartenkontrolleur war verschwunden. Aber die alte Dame, die er inzwischen so gut kannte, war gleich hinter ihnen. Sie stieß andere mit ihrem Stock weg und näherte sich bedrohlich.

»Da lang«, sagte William und stieg auf den Mittelteil zwischen den Rolltreppen, setzte sich auf seinen Hintern und rutschte nach unten.

Iscia tat es ihm nach.

Es ging schnell.

Zu schnell.

William knallte gegen einen Mann, der unten vor der Rolltreppe stand und Geige spielte. Beide gingen zu Boden. Die Geige rutschte über die Fliesen.

»Entschuldigung, Entschuldigung«, murmelte William und rappelte sich auf.

Der Musiker kam verdutzt auf die Beine und hielt Ausschau nach seinem Instrument.

»Aufpassen«, rief Iscia, als sie auf William und den Geigenspieler zugesaust kam.

Aber der verwirrte Geiger konnte nicht mehr rechtzeitig reagieren. Er drehte sich gerade in dem Moment um, als Iscia wie eine Skispringerin aus der Luft geschossen kam und mit ihm zusammenstieß. Er fiel abermals rückwärts um und landete auf dem Rücken. Iscia saß auf ihm, während sie zusammen über den Boden rutschten. William hob eilig die Geige auf und half dem Musiker auf die Beine. »Das war wirklich nicht so gemeint«, stammelte er.

Und ehe der Geiger noch etwas sagen konnte, waren William und Iscia auch schon in der Menschenmenge auf dem Bahnsteig verschwunden.

»Runter«, rief Wiliam.

Also krochen sie auf allen vieren über den schmutzigen Bahnsteig. Plötzlich hielt William inne und horchte.

»Hör mal«, sagte er.

Sie hörten einen Zug näher kommen. William erhob sich und ging geduckt auf die Gleise zu. Iscia folgte ihm.

Plötzlich sah William aus dem Augenwinkel eine Bewegung. Etwas Kleines und Blankes, das sich bewegte. Er blieb stehen und sah sich um. Aber das Ding war verschwunden. Hatte er jetzt schon Halluzinationen? Er ging langsam weiter, hielt aber sofort inne, als er es wieder sah. Es schnellte zwischen den vielen Beinen vor ihm herum und war schon wieder verschwunden.

»Was ist das?«, fragte Iscia, die gleich hinter ihm stand.

»Ich dachte nur, ich hätte etwas gesehen«, begann er, verstummte aber, sowie er den kleinen Käfer entdeckte, der ein Stück weiter entfernt hinter einem auf dem Boden stehenden Diplomatenkoffer hervorlugte.

»Der Käfer?«, rief William.

Der kleine Käfer kam im Zickzack auf ihn zugerannt.

»Was ist das denn da?«, flüsterte Iscia.

»Das ist der Käfer, der versucht hat, mich zu warnen, ehe wir zu Hause überfallen wurden«, sagte William.

»Zu Hause überfallen?«, wiederholte Iscia.

Der Käfer hüpfte auf und nieder, dann drehte er sich um und rannte an die Bahnsteigkante.

»Wir müssen in den Zug«, sagte William.

In dem Augenblick kam der Zug in die Halle gedonnert. Rostige Bremsen kreischten und jammerten, als er zum Stillstand kam. Die Türen öffneten sich und die Menschen strömten heraus. Der Käfer sprang in den Zug und verschwand zwischen eiligen Füßen. William und Iscia drängten sich in den hintersten Wagen. William schaute sich um. Er sah die alte Dame, die sich in denselben Wagen zwängte wie sie. Die Türen schlossen sich hinter ihr und der Zug setzte sich wieder in Bewegung.

William ging neben Iscia in die Hocke.

»Sie ist hier drinnen«, flüsterte er.

»Was machen wir jetzt?«, flüsterte Iscia zurück.

Der kleine Käfer trat jetzt vor ihnen auf der Stelle und schien auf Anweisungen zu warten.

William richtete sich vorsichtig auf. Die alte Dame stand noch immer bei der Tür. Ihre zusammengekniffenen Augen wanderten langsam die Menschenmenge entlang. William duckte sich wieder.

»Wir müssen raus hier«, flüsterte er. »Sie steht hinten bei der Tür und wird uns sehen, wenn der Zug hält und die anderen aussteigen.«

»Wie sollen wir denn rauskommen, wenn sie die Tür versperrt?«, fragte Iscia.

William drehte sich um. Dann kam ihm eine Idee.

»Komm mit. Uns bleibt nichts anderes übrig. Das ist die einzige Möglichkeit.«

Sie gingen ganz nach hinten im Wagen zu einer unscheinbaren Tür. Der kleine Käfer sprang eifrig neben ihnen hin und her.

»Spinnst du?«, rief Iscia. »Sollen wir mitten auf der Fahrt rausspringen?«

»Hast du einen besseren Vorschlag?«

William öffnete die Tür und ging hinaus. Der Käfer krabbelte in seinem Hosenbein nach oben und versteckte sich in der inneren Jackentasche.

»Komm«, sagte William und winkte Iscia zu.

Gleich darauf standen sie beide draußen am Zug und schauten auf die Gleise hinunter.

»Bei drei«, sagte William und nahm Iscias Hand. »Eins ... zwei ... drei ...«

Sie sprangen gleichzeitig los, trafen auf die Gleise auf

und rollten weiter. William kam als Erster auf die Beine und stellte fest, dass er unverletzt war.

»Wie ist das gegangen?«, fragte er und sah Iscia an.

»Ich hab mir jedenfalls nichts gebrochen, glaub ich«, sagte sie.

»Ich schätze, wir haben es geschafft«, sagte William und zeigte auf den Zug, der in der Dunkelheit verschwand.

»Das will ich wirklich hoffen«, sagte Iscia. »Und was machen wir jetzt?«

»Mal nachdenken«, sagte William und schaute sich um.

Kleine verrußte Lampen waren an den Tunnelwänden befestigt und gaben gerade genug Licht, damit die beiden ihre Umgebung erkennen konnten. Es tropfte von der Decke. Und die Luft roch schimmelig.

Plötzlich entdeckte Iscia etwas und packte Williams Oberarm. Ihre Augen leuchteten vor Angst.

»Da«, flüsterte sie mit zitternder Stimme und zeigte in den Tunnel, in dem der Zug verschwunden war.

William drehte sich um und entdeckte die alte Dame, die durch den Tunnel auf sie zukam.

»Komm. Ich glaube, noch hat sie uns nicht gesehen«, flüsterte er und zog Iscia in die Gegenrichtung.

34

»Wo sind wir?«, flüsterte Iscia.

William blieb stehen und schaute sich in dem dunklen Tunnel um. Sie waren ziemlich lange gelaufen und waren beide schrecklich erschöpft und verschwitzt.

Iscia griff sich an den Mund und unterdrückte einen Aufschrei, als eine fette Ratte vor ihnen über die Gleise lief und in einem großen Riss in der Wand verschwand.

»Ich hasse Ratten«, knurrte Iscia.

William wollte weiterlaufen, hielt aber inne, als er plötzlich ein Geräusch hörte. Iscia hatte es auch gehört.

»Was ist das für ein Rumpeln?«, fragte sie.

Ein kühler Luftzug kam aus der Dunkelheit auf sie zu. Das Rumpeln wurde lauter. William spürte jetzt das Beben im Boden.

»Der nächste Zug«, sagte er leise.

William hielt Ausschau nach einer Fluchtmöglichkeit.

»Der wird uns zermalmen«, sagte Iscia und zeigte auf zwei leuchtende Punkte, die sich in gefährlichem Tempo näherten.

Der Boden unter ihnen bebte heftig. William spürte, wie Panik in ihm aufstieg, aber er versuchte sich zusammenzureißen.

»Hilfe«, rief Iscia und zog an seinem Arm.

»An die Wand«, rief William. »Das ist unsere einzige Chance.«

Sie pressten sich an die Tunnelwand.

William kniff die Augen zu und stieß einen Angstschrei aus, als der Zug rasend schnell an ihnen vorbeidonnerte. Der Druck presste sie gegen die schmutzige Tunnelwand. Als der letzte Wagen vorüberschoss, wurden sie plötzlich vorwärtsgesaugt. William und Iscia flogen hoch und landeten dann wieder auf den Gleisen.

William blieb erst einmal liegen und lauschte dem Geräusch des verschwindenden Zuges. Dann setzte er sich langsam auf und legte Iscia eine zitternde Hand in den Rücken.

»Wir haben es geschafft.«

»Bist du sicher?« Iscia hatte noch immer die Hände vors Gesicht geschlagen.

»Ja«, sagte er und erhob sich auf zitternden Beinen.

»Und was jetzt?«, fragte sie und setzte sich auf.

»Wir können jedenfalls nicht ewig in den Tunneln umherirren. Dann enden wir nur als Pfannkuchen«, sagte William und überlegte.

»Er hat gesagt, der Orbis würde mir den Weg zeigen«, murmelte er dann.

»Wer?«, fragte Iscia.

»Mein Großvater ...«

»Hast du mit ihm gesprochen?«, fragte sie.

»Ja. Oder, nicht direkt«, sagte William und drehte sich zu ihr um. »Es war ein Hologramm. Es ist heute Nacht aufgetaucht.« Er zögerte. »Mein Großvater liegt hier irgendwo. Eingefroren. Ich muss ihn auftauen.«

»Eingefroren?«, rief Iscia.

»Ja«, sagte William und zog den Orbis aus der Brusttasche. Iscia kam mühsam auf die Beine und starrte in den dunklen Tunnel.

»Du brauchst nicht mitzukommen, wenn du nicht willst. Das kann gefährlich werden«, sagte William und sah sie an.

»Ich habe gerade nichts Besseres vor«, erwiderte sie. »Außerdem habe ich keine große Lust, zurückzugehen und dieser alten Dame wieder zu begegnen. Oder noch einem Zug.«

»Ich muss den hier in Gang bringen«, sagte William, schloss die Augen und konzentrierte sich auf den Orbis.

»Willst du das etwa jetzt machen? Hier?«, hörte er Iscia fragen.

Er konzentrierte sich.

Aber nichts passierte.

William biss die Zähne zusammen. Er musste es einfach schaffen.

»Mach schon«, sagte Iscia. »Ich glaube, da kommt schon wieder ein Zug.«

»Du bist mir keine große Hilfe«, sagte William gereizt.

Aber dann spürte er es. Ein leichtes Ziehen unter dem Nabel. Das Vibrieren wurde stärker und wanderte sein Rückgrat hoch und weiter in seine Hände. Seine Finger fingen an zu arbeiten. »Klick ... klick ... klick«, erklang es aus dem Orbis.

Als seine Finger schließlich zur Ruhe kamen, stieg der Orbis von seinen Händen auf. William öffnete die Augen.

Der Orbis hing vor ihm in der Luft. Er drehte sich ein bisschen hin und her, als ob er sich zu orientieren versuchte. Dann schoss ein blauer Strahl heraus und huschte von einer Seite zur anderen über Wände und Decke. Der Strahl verschwand und dann schwebte der Orbis durch den Tunnel. Er schien nicht auf William und Iscia warten zu wollen.

»Komm«, sagte William und lief hinterher.

Nachdem der Orbis sie durch ein scheinbar endloses Labyrinth aus alten und stillgelegten Tunneln geführt hatte, bog er um eine Ecke und blieb in der Luft stehen.

William stoppte abrupt und starrte vor sich hin.

Iscia hielt neben ihm an.

Vor ihnen war nur eine weitere verdreckte Mauer.

»Nein! Da! Er will weiter«, sagte William.

Der Orbis bewegte sich wieder langsam vorwärts und hielt an, als er gegen die Mauer stieß.

»Klack ... klack ... klack ...«, machte der Orbis und schlug immer wieder gegen die Wand, wie ein Gummiball.

»Ich glaube nicht, dass er uns in die Irre geführt hat«, sagte William und ging bis zu der Mauer vor.

Er legte die Hand auf die raue Oberfläche.

»Die ist alt«, sagte er.

Ihm fiel ein, was Goffman über den versiegelten Tunnel gesagt hatte.

»Hier ist es. Das weiß ich einfach.« William trat wieder zwei Schritte zurück.

Wenn dies die Mauer war, die sein Großvater gefunden

hatte, war er auf irgendeine Weise auch hindurchgekommen.

»Bist du dir sicher, dass es diese ist? Wir sind doch schon an jeder Menge von solchen Mauern vorbeigekommen«, sagte Iscia.

Sie trat vor und fuhr mit den Händen über die Mauer. »Glaubst du wirklich, dass es hier irgendwo eine Geheimtür gibt?«

William schaute auf den Boden unter dem Orbis. Er entdeckte etwas, das dort aus dem Kies lugte. Es sah aus wie ein Handgriff aus Stahl. Er ging in die Hocke und fing an zu graben.

»Schau mal! Ich habe etwas gefunden«, rief er.

Iscia kniete neben ihm nieder und grub nun ebenfalls.

»Sieh mal, da ist ein Deckel«, sagte William, als er allen Kies entfernt hatte.

William fuhr mit der Hand über etwas, das aussah wie ein Gullydeckel.

»Müssen wir etwa da runter in die Kloaken?«, fragte Iscia und rümpfte die Nase.

»Ich glaube nicht, dass das hier eine Kloake ist. So alt sieht das nicht aus. Vielleicht ist mein Großvater auf diese Weise hinter die Mauer gelangt. Er hat gegraben«, sagte William und versuchte, den Deckel zu heben. Aber der rührte sich nicht.

»Hilf mir!«

Sie zogen beide aus Leibeskräften, aber nichts passierte.

Plötzlich sah William etwas.

»Was ist los?«, fragte Iscia.

»Schau mal!«, sagte er und zeigte auf eine Reihe von Symbolen.

William erkannte diese Symbole sofort. Er hatte sie schon früher gesehen. Viele Male. Er steckte die Hand in die Tasche und zog das Bild vom Schreibtisch seines Großvaters heraus.

»Natürlich«, rief er und wischte den Sand vom Stahlrahmen um den Deckel fort. Ein dünner Strich tauchte auf. »Der wird nicht hochgehoben. Den müssen wir drehen. Der Deckel ist eine Art Ziffernschloss. Hilf mir.«

William versuchte sich an die genaue Reihenfolge der Zeichen zu erinnern, die in den Schreibtisch seines Großvaters eingeritzt waren. Er hoffte, dass er Recht hatte. Sie hatten keine Zeit zu verlieren.

»Nach links«, sagte William und packte den Griff.

Iscia folgte seinem Beispiel. Sie zogen. Der Deckel bewegte sich jetzt überraschend leicht. Als ob er auf einem Kugellager läge. Als das erste Symbol den Strich erreichte, war aus dem Inneren des massiven Deckels ein dumpfes Klicken zu hören.

Bald hatten sie den Deckel durch die ganze Symbolreihe hin und her gedreht. Nur ein Zeichen war noch übrig. Sie drehten den Deckel das letzte Stück. »Klick«, machte er und der Deckel ging auf. Eine Staubwolke stob aus dem Loch empor. William hielt sich einen Jackenzipfel vor den Mund und starrte hinein. Eine rostige Metallleiter verschwand in der Dunkelheit.

»Dahinein müssen wir wohl«, sagte er mit ängstlicher

Stimme. Er merkte, dass sein ganzer Körper sich weigerte. Aber sie hatten keine Wahl.

»Dann müssen wir uns beeilen«, sagte Iscia und zeigte mit zitternder Hand in die Dunkelheit.

Jetzt sah William es auch. Die alte Dame kam über die Gleise auf sie zugelaufen. Und plötzlich teilte sie sich und wurde zu den beiden Chauffeuren.

William merkte, dass sein Herz vor Angst fast stehenblieb. Jetzt musste er handeln. Er packte Iscia und zog sie zu sich.

»Schnell«, sagte er.

Iscia biss die Zähne zusammen und setzte einen Fuß auf die oberste Leitersprosse. Sie stieg ins Loch hinab und war verschwunden.

William wollte schon hinterherklettern, als er den Orbis entdeckte, der noch immer vor der Mauer schwebte. Er sprang hoch, schnappte ihn sich und kletterte hinter Iscia her. Dann zog er den Deckel hinter sich zu. Das Letzte, was er noch sah, waren die beiden Chauffeure, die sich auf den Deckel stürzten.

35

»Iscia?«, flüsterte William und horchte.

Er war von tiefer Finsternis umgeben. Das Einzige, was er hören konnte, waren die Chauffeure, die auf den massiven Deckel über ihm einschlugen. Wenn sie den Code nicht kannten, würden sie immerhin eine Weile brauchen, um nach unten zu kommen, dachte er.

»Iscia?«, flüsterte er noch einmal.

Nichts.

William tastete sich in der Dunkelheit weiter, bis er am Fuße der Leiter angekommen war. Seine Hand fand eine Mauer, und er folgte ihr, bis er auf eine neue Mauer stieß. Dann kam er nicht mehr weiter und merkte, wie die Panik in ihm aufstieg. Er hatte kleine Räume nie leiden können. Er atmete heftiger. Hier unten war die Luft noch schlechter als in den alten Tunneln.

»Wo bist du, Iscia?«, fragte er. Diesmal etwas lauter.

»Hier oben«, hörte er irgendwo über sich. »Da ist noch eine Leiter.«

William tastete umher, bis er Leitersprossen fand, die wieder nach oben führten. Er fing an zu klettern. Über sich ahnte er ein schwaches blaues Licht.

Iscia stand an einer Felswand und fuhr mit den Händen darüber.

»Ist das nicht schön?«, fragte sie träumerisch.

William kletterte neben sie. Dann starrte er das schwache blaue Licht in der Felswand an. Er hatte so ein Licht schon einmal gesehen. In dem Behälter, den Slapperton ihm im Institutskeller gezeigt hatte. Er fing an, am ganzen Leib zu zittern. Das Tor und sein Großvater konnten nicht mehr weit weg sein.

»Da«, sagte Iscia und zeigte auf ein Kabel, das unter der Decke hing.

»Ist das eine Lampe?« William trat näher. Das blaue Licht ermöglichte es ihm gerade noch, die Umgebung zu erkennen.

»Vielleicht gibt es hier auch einen Lichtschalter?«, schlug Iscia vor.

William machte sich auf die Suche. Aus der Ferne hörte er, wie weiterhin auf den Deckel eingeschlagen wurde.

»Ich glaube, wir haben nicht so viel Zeit«, sagte er.

»Bingo!«, rief Iscia.

Dann kam ein »Klick«, als sie einen Schalter umlegte und eine einsame Lampe unter der Decke aufleuchtete.

William schauderte es.

Sie standen mitten in einem unvollendeten Tunnel. Alte Balken lagen wild durcheinander auf dem Boden. Zwei rostige Hacken lehnten an der Felswand. Das Ende des Tunnels war eingestürzt und von riesigen Felsbrocken versperrt.

»Hier muss es sein«, flüsterte William.

»Was ist das?«, fragte Iscia.

Sie war vor einer großen, eingestaubten Messingplatte in der Felswand stehen geblieben. William ging zu ihr und rieb den Staub von der Platte. Es lief ihm kalt den Rücken hinunter, als er die Inschrift las: »Zur Erinnerung an die Umgekommenen«.

»Ist hier jemand gestorben?«, flüsterte Iscia.

»Ja«, sagte William.

»Das ist unheimlich«, sagte sie und wich zurück.

Aber wo war das Tor? William schaute sich um. Hier gab es nur den unvollendeten Tunnel. Er wandte seine Aufmerksamkeit wieder der großen Messingplatte zu. Warum war die so groß, wenn doch nur der eine Satz darauf stand?

William fuhr mit den Händen über die Platte. Er spürte einen kalten Luftzug. Es musste dahinter eine Öffnung geben. Er schob zwei Finger hinter die Platte und zog.

Und richtig. Die Platte bewegte sich.

Die Messingplatte war eine kleine Tür. Die rostigen Angeln kreischten, als William sie aufzog. Vor ihnen lag eine Öffnung in der Felswand, gerade so groß, dass sie hineinkriechen konnten.

36

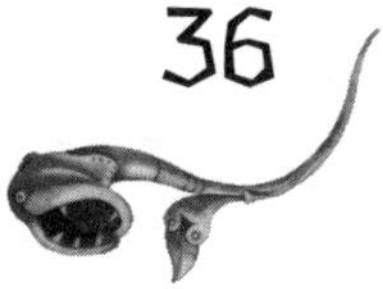

William und Iscia standen wie erstarrt da. Niemand sagte etwas.

»Was ... was ist das da?«, stammelte Iscia.

»Das Tor«, flüsterte William.

Vor ihnen lag so ungefähr das Schönste, was William je gesehen hatte.

Sie befanden sich in einer riesigen Höhle. Die Felswände vor ihnen pulsierten in starkem blauen Licht. Und mitten in der Höhle ragte ein riesiges Eisentor auf. Neben dem Tor lag ein Haufen alter Holzkisten. Jede von ihnen trug die Aufschrift »Dynamit« auf einer Seite. Große Teile der Höhle waren eingestürzt. Sicher nach dem letzten Versuch, sich durch das Tor zu sprengen, dachte William.

Vorsichtig ging er weiter.

Das Tor war über und über mit Symbolen bedeckt. Es waren die Symbole, die sein Großvater entziffert hatte. Und die vom Luridium berichteten und davon, wie gefährlich es sein konnte.

Hier hatte Abraham Talley vor über hundertfünfzig Jahren den ersten Klumpen von diesem intelligenten Metall entdeckt. Und vielleicht war Williams Großvater jetzt hier.

William hielt den Orbis hoch.

»Zeig mir, was ich tun soll«, flüsterte er.

Er schloss die Augen und konzentrierte sich. Versuchte, das Vibrieren hervorzurufen. Aber nichts passierte.

»Na los. Mach schon ...«, flehte er.

»Worauf wartest du?«, fragte Iscia.

»Ich versuche es ja«, sagte er verbissen. »Ich versuche es ...«

Er wartete.

Aber noch immer passierte nichts.

Langsam geriet er in Panik. Hatte er etwa seine Fähigkeiten verloren, gerade jetzt, wo er sie so dringend brauchte?

William wusste nicht, ob es daran lag, dass er so erschöpft war, oder daran, was er vor kurzem erst über sich selbst erfahren hatte. Auf jeden Fall fühlte er sich auf einmal total ohnmächtig. Wie war er überhaupt in diese Lage geraten? Es war allein seine Schuld. Warum hatte er an jenem Tag im Museum nicht einfach die Finger von der Unmöglichkeit gelassen? Dann wäre alles noch wie vorher. Er hätte auf seine Eltern hören sollen. Dann säße er jetzt in einem Zimmer und könnte an irgendeinem harmlosen Code herumtüfteln. Aber so war es nun einmal nicht. Sein Vater hatte Recht gehabt. Um Codes sollte man einen großen Bogen machen. Aber nun war es zu spät. Denn nichts war wie vorher.

Und plötzlich war ihm klar, was er zu tun hatte. Er musste sich als der akzeptieren, der er war. Es gibt keinen Weg zurück, dachte er.

Ich bin intelligentes Metall ... ich bin intelligentes Metall, wiederholte er in Gedanken. Ich bin nur ein Prozent mehr Mensch als Metall.

»Sie kommen jetzt durch die Mauer«, hörte er Iscia von weit her sagen.

Aber William konnte nicht antworten. Er konnte nicht einmal die Augen öffnen. Er verspürte das vertraute Ziehen im Bauch. Das steigerte sich und war viel kräftiger als sonst. Bald bebte sein ganzes Rückgrat. Das Vibrieren erreichte seine Arme und Hände und Finger, die den Orbis in wildem Tempo drehten und wendeten. Im Orbis klickte es wieder und wieder.

Dann öffnete er die Augen und konnte fast nicht glauben, was er sah. Die Symbole an dem großen Tor pulsierten in Blau. Einige lösten sich von der Oberfläche und schwebten zu ihm herunter. Bildeten neue Muster. Jetzt erkannte er viele davon. Einige hatte er am Schreibtisch seines Großvaters gesehen, andere waren in den Orbis eingraviert. Seine Finger arbeiteten schneller und schneller. Auf einmal schien er die Bedeutung der Symbole zu erfassen. Als ob er plötzlich eine uralte Sprache lesen könnte. Obwohl er es nicht erklären konnte, wusste er plötzlich, was Luridium war. Und wie man es sowohl zum Guten als auch zum Schlechten verwenden konnte. Er begriff, warum Talley so dringend Nachschub brauchte, und ihm war klar, welche Kräfte sich tief in seinem eigenen Körper versteckten. Es war fantastisch und beängstigend zugleich.

Das Vibrieren verschwand und seine Finger hörten auf

sich zu bewegen. Der Orbis löste sich aus seinen Händen, schwebte zur Mitte des Tores und verschwand in einem Loch.

»Du hast es geschafft!«, hörte er Iscia jubeln.

Das große Tor dröhnte jetzt. William trat zurück. Und da stand er dann und starrte aus müden Augen das Tor an, das langsam aufglitt.

37

Das Nächste, was passierte, nahm er wie in einem Traum wahr. Vage Bilder und Geräusche, die aus weiter Ferne zu kommen schienen. Blaues Licht. Iscia, die rief. Das große Tor, das sich hinter ihnen schloss.

»William? William? Kannst du mich hören, William?«

Er wollte vor allem schlafen. Er war so unvorstellbar müde, brauchte Ruhe. Er hatte das Gefühl, dass der letzte Code ihn fast umgebracht hatte.

»Du musst aufwachen!«, rief Iscia.

Er fing an, besser zu hören. Die Dinge kamen wieder näher. Er konnte wieder denken.

»Es geht schon«, stammelte er.

Er versuchte sich aufzusetzen. Ihm war noch immer schwindlig. Dann schaute er sich um.

»Wo sind wir?«

»Das wüsste ich auch gern«, sagte Iscia und richtete sich auf. »Was ist das hier für ein Ort?«

»Wo sind die beiden Chauffeure?«, fragte William.

»Die sind gleich dahinter«, sagte sie und zeigte auf das große Eisentor. »Fast hätten sie uns erreicht. Aber das Tor ging gerade noch rechtzeitig zu.«

William kam auf die Beine. Stützte sich auf Iscia. Er hob den Blick und sah sich um. Entdeckte den Orbis, der neben ihm in der Luft schwebte.

»Es hat geklappt«, sagte er leise.

Dann fiel ihm plötzlich etwas ein. »Hast du gesehen, was aus dem Käfer geworden ist? Hat der uns folgen können?«

»Der ist da hinten verschwunden«, sagte Iscia und zeigte hinter ihn.

William drehte sich um und schnappte nach Luft. Sie befanden sich in einer riesigen Halle. An der einen Wand standen lange Reihen von U-Booten. Hinter den U-Booten sah er eine Reihe von Lastwagen, Panzern und militärischen Motorrädern hinter der anderen.

»Was ist das hier? Ein Militärlager?«, fragte Iscia.

»Sieht aus wie aus dem Zweiten Weltkrieg«, sagte William und machte zwei unsichere Schritte vorwärts.

»Glaubst du, irgendwer weiß davon?«, fragte sie.

»Das Institut bestimmt«, sagte William. »Und Abraham Talley, vermute ich mal. Aber ich glaube nicht, dass irgendwer von denen es geschafft hat, hierherzukommen. Aber warum um alles in der Welt steht diese uralte Technologiekammer voll von Geräten aus dem Zweiten Weltkrieg?«

William überlegte. Hatten Goffman und Slapperton ihn angelogen? Oder wussten sie nichts von diesem Raum?

»Aber wieso werden hier unten U-Boote gelagert? Hier gibt es doch nicht einmal Wasser«, sagte Iscia.

»Keine Ahnung«, antwortete William.

Er blieb vor einem U-Boot stehen und ließ den Finger über den Metallrumpf wandern. Schlug mit der Faust darauf.

»Glaubst du, wir sind hier sicher?«, fragte Iscia und schaute sich zu dem riesigen Tor um.

»Solange wir das da nicht wieder aufmachen«, sagte William und zeigte auf einen Hebel neben dem Tor. »Sieht so aus, als ob es damit von innen geöffnet werden könnte.«

William sah sich um. »Ich hoffe nur, es gibt hier nichts, weshalb wir uns Sorgen machen müssen. Komm.«

Sie verschwanden zwischen den Reihen von Militärlastwagen.

»Glaubst du, dass er irgendwo hier unten ist? Dein Großvater?«, fragte Iscia.

»Das hat er jedenfalls gesagt. Die Frage ist nur, wo. Wir müssen Behälter Nummer sieben finden.«

Sie blieben vor einer roten gepanzerten Tür stehen.

»Kryogenisches Labor« stand auf einem Schild in der Tür.

»Tiefgefroren«, murmelte Iscia. »Das muss hier drinnen sein.«

William drückte auf die Türklinke. »Die ist abgeschlossen.«

Er sah sich um und sein Blick fiel auf einen Panzer, der ein Stück weit entfernt stand.

»Bist du schon mal mit so einem gefahren?«, fragte Iscia.

»Irgendwann ist immer das erste Mal«, sagte er mit der größten Selbstverständlichkeit.

William fuhr mit dem Finger über das Schaltbrett. Sein Zeigefinger hielt an einem der Knöpfe inne.

»Manchmal muss man sich einfach auf sein Bauchgefühl verlassen«, sagte er und drückte auf den Knopf.

Iscia schrie auf, als ihre Rückenlehne sich nach hinten legte.

»Sorry«, sagte William.

Sein Finger wanderte weiter und hielt bei einem anderen Knopf inne. Er drückte darauf. Der ganze Panzer erbebte, als der kräftige Motor zu dröhnen begann.

William zog an beiden Schalthebeln und trat auf das Gaspedal. Der Panzer bebte ein weiteres Mal.

»Vorsichtig«, sagte Iscia und hielt sich an ihrem Sitz fest.

William legte den Steuerhebel zur Seite. Der Panzer drehte sich um und richtete den Geschützturm auf die Tür. Dann war eine heftige Explosion zu hören.

Und danach wurde es still. William öffnete die Dachluke und beide schauten heraus.

»Wow.« William machte große Augen.

Iscia lächelte. Die rote Tür war verschwunden. Ein dunkles, mit Rauch gefülltes Loch klaffte dort, wo eben noch die Tür gewesen war.

38

»Hier ist niemand«, sagte William.

Iscia kam hinter ihm her.

Vor ihnen standen zehn riesige Behälter nebeneinander. Sie reichten bis an die Decke und waren von 1 bis 10 nummeriert.

»Wer hat das hier eingerichtet?«, fragte Iscia.

William gab keine Antwort. Er ging zu Behälter Nummer 7. Wischte Staub von einer kleinen Schalttafel.

»Minus hundertsechsundneunzig«, las er vor.

»Was bedeutet das?«, fragte Iscia und zeigte auf die Schalttafel eines anderen Behälters.

Ein rotes Lämpchen blinkte warnend. William ging zu Iscia hinüber.

»Das hier ist minus achtundneunzig. Und die Temperatur sinkt«, sagte er und sah sie besorgt an.

»Das ist der falsche Behälter. Aber offenbar taut der gerade auf.«

Er sah sich wieder das Display an. Minus fünfundachtzig. Im Behälter brummte und gurgelte es.

»Das kann unmöglich sicher sein.« Iscia trat einige Schritte zurück.

»Kommt drauf an, was drinnen ist. Wahrscheinlich hat die Explosion das ausgelöst«, sagte William.

Sie starrten das Display an, das die ständig sinkende Temperatur anzeigte. Als der Nullpunkt erreicht war, wurde es in dem großen Behälter plötzlich ganz still.

Sie hielten den Atem an und warteten.

»Es passiert ja gar nichts«, sagte Iscia erleichtert.

Plötzlich teilte sich der Behälter. Grauer, kalter Dampf quoll daraus hervor. William und Iscia wichen zurück und starrten den Dampf an, der sich wie eine schwerfällige Flutwelle auf sie zubewegte.

»Das gefällt mir nicht«, sagte sie.

William gefiel es auch nicht. Er hob eine zitternde Hand und zeigte auf etwas, das sich vor ihnen bewegte.

Etwas bewegte sich in all dem Dampf.

Etwas Großes.

»LOS!«, rief William und zog Iscia mit sich.

Sie sprangen zurück durch das Loch in der Wand und rannten weiter zu dem Panzer von vorhin.

Gleich darauf explodierte die Wand hinter ihnen in einer Wolke aus Staub und Betonstücken.

Ein riesiger Roboter trat hervor und sah sich um. Oben auf dem riesigen Roboterkörper war ein Wildschweinkopf mit leuchtend roten Augen und langen Hauzähnen angebracht. Der Wildschweinroboter war so hoch wie ein Laternenpfahl. Er stieß ein ohrenbetäubendes Geheul aus, als er William und Iscia entdeckte, die jetzt endlich den Panzer erreicht hatten, und trampelte hinter ihnen her, dass der Boden nur so bebte.

»Wir sind erledigt«, flüsterte William.

»Schau mal da!«, sagte Iscia und zeigte auf etwas zu ihren Füßen.

William entdeckte den kleinen Käfer, der plötzlich an ihnen vorbeilief und weiter auf den Wildschweinroboter zuhielt, der abrupt innehielt, als er den Käfer sah.

Dann fing der Käfer an, heftig zu vibrieren.

»Was macht der denn jetzt?«, fragte Iscia ängstlich.

»Weiß nicht so ganz«, sagte William.

Der Wildschweinroboter blieb ebenfalls stehen und starrte den winzigen Käfer an, der vor ihm wuchs. Nach etlichen mechanischen Veränderungen hatte sich der Käfer in einen menschenähnlichen Roboter mit Armen und Beinen verwandelt. Das Einzige, was noch immer an einen Käfer erinnerte, war der Kopf, auf dem jetzt lange Fühlhörner hin und her schwankten.

Als er mit seiner Verwandlung fertig war, war er fast so groß wie der Wildschweinroboter. Er richtete sich auf, ging auf seinen Gegner zu und griff mit gewaltiger Kraft an. Der Wildschweinroboter wich zurück und hob einen in der Nähe liegenden Felsbrocken hoch. Warf ihn auf den Robotkäfer, der den Felsbrocken abwehrte, als ob er nicht schwerer wäre als ein Fußball. Dann kämpften sie verbissen weiter, bis das Wildschwein auf den Boden knallte.

»Er hat uns gerettet!«, jubelte Iscia.

Aber William jubelte nicht. Irgendetwas an dem Robotkäfer kam ihm auf einmal bekannt vor. Er erkannte das Geräusch der Schritte, als der Käfer sich bewegte.

»Was ist los?«, fragte Iscia, als sie Williams Gesicht sah.

Der Robotkäfer drehte sich zu ihnen um.

»Ich glaube, es ist noch nicht vorbei«, flüsterte William und wich zurück. »Er ist es.«

»Wer?«, fragte Iscia.

»Talleys Roboter. Der Käfer ist der Roboter«, flüsterte William und kletterte auf den Panzer. Er streckte Iscia die Hand hin und zog sie zu sich hoch. Die Dachluke stand noch immer einen Spaltbreit offen. Der Robotkäfer kam jetzt auf den Panzer zu. Dann bewegte er sich mit langen Sprüngen vorwärts. Die Halle dröhnte bei jedem davon.

»Du zuerst«, rief William und klappte die Luke auf.

Iscia sprang ins Innere. William war gleich hinter ihr und konnte die Luke gerade noch schließen, ehe der Robotkäfer den Panzer mit so großer Wucht traf, dass der Panzer vom Boden abhob. Iscia schrie auf und suchte verzweifelt einen Halt. Sie knallten auf den Boden und blieben liegen.

William hörte nur noch ein Pfeifen in seinen Ohren. Er war beim Zusammenstoß mit dem Kopf aufgeprallt. Er setzte sich auf, schaute aus der Sichtluke und sah den Robotkäfer auf sie zukommen.

»Er greift wieder an«, rief er und klammerte sich an den Sitz.

Der Panzer wurde hochgehoben. Er knallte gegen die Wand und dann wieder auf den Boden.

»Iscia?«, rief William und sah sich um.

Er fand sie unter einem Sitz. Er kroch zu ihr und schüttelte sie.

»Iscia? Iscia!«, rief er und drehte sie vorsichtig auf den Rücken.

Sie reagierte nicht.

Dann wurden sie ein weiteres Mal hochgehoben. William warf sich über Iscia, um sie vor dem neuen Angriff zu beschützen. Aber nichts passierte.

William öffnete die Augen und schaute sich um. Er fuhr zusammen, als er zwei leuchtende Augen sah, die ihn durch die kleine Sichtluke anstarrten.

William kroch zu der anderen Luke und schaute hinaus. Der Panzer schwebte in den Händen des Robotkäfers hoch über dem Boden. William wusste, dass sie einen weiteren Zusammenstoß nicht überstehen würden. Er musste etwas unternehmen.

Er packte den Steuerknüppel und drehte ihn zur Seite. Der obere Teil des Panzers fuhr herum und zeigte direkt auf den riesigen Robotkäferrumpf. Dann spürte William ein Rucken, als sie noch höher gehoben wurden. Der Roboter machte sich bereit zum nächsten Wurf. William klammerte sich an die Schalttafel und drückte auf einen großen roten Knopf.

Draußen ertönte ein lauter Knall. Der Robotkäfer schwankte hin und her und kippte dann rückwärts um. Dann war alles still.

William blieb liegen und lauschte. Er konnte nichts mehr hören. Er kroch zu der einen Luke und spähte hinaus. Er konnte auch nichts sehen.

»Iscia!«, rief William und kroch zu ihr.

Bückte sich und legte das Ohr an ihren Mund. Atmete sie?

»Iscia! Kannst du mich hören?«

Keine Reaktion.

»ISCIA!«

39

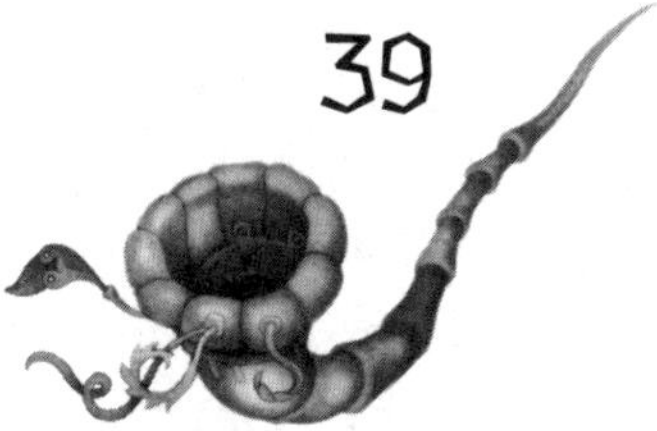

»Ich glaube, mein Bein ist gebrochen«, sagte Iscia und wimmerte.

Sie lag neben einem großen U-Boot auf dem Boden. William hatte in einem Lastwagen eine alte Matratze gefunden. Er zog die Jacke aus, faltete sie zusammen und legte sie Iscia vorsichtig unter den Kopf.

Der Robotkäfer lag leblos ein Stück weiter unter dem Panzer. Zerstörte Elektronik knisterte und rauschte, und blauer Rauch stieg auf und kräuselte sich unter der Decke.

»Kommen noch mehr von der Sorte?«, fragte Iscia und schaute zu dem Roboter hinüber.

»Ich weiß nicht«, sagte William. »Ich hab nur einen Käfer gesehen. Glaube ich.«

»Hol deinen Großvater da raus, ehe noch andere auftauen«, sagte Iscia. »Ich warte hier.«

»Bist du sicher?«, fragte William.

»Ja. Ich rufe, wenn ich Hilfe brauche«, sagte sie und lächelte, so tapfer sie konnte.

William sah auf den Displays nach. Alle zeigten hundertsechsundneunzig Grad unter null. Er blieb vor dem Behälter Nummer 7 stehen und warf einen Blick auf das Thermometer. Das zeigte ebenfalls hundertsechsundneunzig Grad unter null und schien auch nicht sinken zu wollen. Er konnte keinen Ausschaltknopf entdecken. Wie sollte er ihn also auftauen lassen? Das hatte ihm sein Großvater nicht verraten.

Er entdeckte einen Feueralarm an der Wand neben der Tür. Daneben hing ein kleiner Hammer aus Metall. William schaute zur Decke hoch. Dort saß ein Sprinkler neben dem anderen. Enthielten die wohl immer noch Wasser? Wenn er den Brandalarm auslöste, bestand dann wohl die Möglichkeit, dass die Behälter auftauen würden, wenn die Sprinkler loslegten?

Sein Großvater war kleiner als die Roboter und würde sicher schneller auftauen. William nahm den kleinen Hammer von der Wand und schlug damit gegen die Glasscheibe.

Eine Alarmsirene heulte los. Zuerst draußen in der Halle, dann gleich über ihm. Sehr laut. Er hielt sich die Ohren zu und schaute zur Decke hoch. Noch kein Anzeichen von Wasser zu sehen.

Er lief zu Behälter Nummer 7 und schaute auf das Display. Das zeigte noch immer hundertsechsundneunzig Grad unter null. Er sah sich die anderen Thermometer an. Auch dort gab es keine Veränderung. Plötzlich ergoss sich braunes Rostwasser durch den ganzen Raum.

William riss sich die Jacke vom Leib und hielt sie sich über den Kopf. Dann sah er, dass an einem Behälter jetzt ein rotes Lämpchen blinkte. Dann noch eins und noch eins. Bald blinkten an jedem großen Behälter solche roten Lämpchen.

William bekam es jetzt richtig mit der Angst zu tun. Bald

würde er acht Riesenroboter zum Leben erweckt haben. Er wusste, dass er keine Chance mehr haben würde, wenn er seinen Großvater nicht zuerst zum Leben erwecken könnte, falls der sich überhaupt in diesem Behälter befand. Er spürte, wie ihm die Tränen kamen.

»Opa!«, rief er, so laut er konnte, und versetzte dem Behälter aus aller Kraft einen Tritt.

Er beugte sich vor und sah das Thermometer an. Das war schon auf dreißig Grad unter null gesunken. Als er eine riesige Silhouette entdeckte, die aus einem der anderen Behälter stieg, war es schon zu spät. Er konnte gerade noch sehen, wie ein gewaltiger Roboter über ihm aufragte. Dann wurde William mit voller Wucht von einer riesigen Metallhand getroffen und alles wurde schwarz.

Was ist los? Wo bin ich?

William setzte sich vorsichtig auf.

Sein Kopf schien kurz vor dem Bersten zu stehen. Und er war am ganzen Leib kalt und nass.

»William?«, fragte eine Stimme.

Er versuchte, die Augen zu öffnen, aber das grelle Licht tat ihm weh und er schloss die Augen sofort wieder.

»William. Du musst aufwachen«, sagte die Stimme.

»Opa?«

William blinzelte. Er konnte vor sich eine Gestalt erahnen.

»Vorsichtig«, sagte die Stimme. »Du hast ganz schön was abgekriegt.«

William griff sich an den Kopf.

»Opa?«, fragte er noch einmal.

»Hier. Gib mir deine Hand.«

William hob den Arm. Spürte, dass jemand seine Hand nahm und ihm beim Aufsetzen half.

»So. Sehr gut so. Lass dich jetzt vorsichtig zurücksinken.«

William gehorchte und merkte, wie sich sein Rücken gegen die Wand hinter ihm lehnte. Inzwischen konnte er mehr erkennen. Zwei freundliche Augen, die ihn ansahen. Struppige graue Haare und einen Bart.

»Opa?«

»Ja, das bin ich«, sagte der Großvater.

Ehe William wusste, was er tat, hing er seinem Großvater um den Hals und drückte sich an ihn wie ein kleines Kind. Er fühlte sich am ganzen Leib wie gerädert, aber das war ihm egal. Endlich hatte er ihn gefunden. Er hatte seinen Großvater gefunden!

40

William fuhr zusammen, als er plötzlich einen weiteren riesigen Wildschweinroboter entdeckte. Der stand ganz still da und starrte ihn aus kalten Augen an. Die eine Hand war zum Schlag gehoben.

»Keine Panik. Der ist deaktiviert«, sagte der Großvater.

»Deaktiviert?«

»Die haben einen Knopf zum Ausschalten.«

»Ausschalten«, sagte William. Er sah zu den restlichen Behältern hinüber.

»Ein Glück, dass ich schneller als die anderen aufgetaut bin. Ich habe sie wieder auf Gefrieren gestellt«, sagte der Großvater und klopfte mit der Hand auf Behälter Nummer 7.

Sie fuhren herum, als sie ein dumpfes Dröhnen aus der Halle hörten.

William erkannte das Geräusch sofort. Das große Tor wurde geöffnet. Jemand hatte das Schloss geknackt.

»Sind hier noch andere?«, fragte der Großvater mit lauter Stimme.

»Iscia«, sagte William.

»Iscia?«, fragte der Großvater.

»Ja. Eine Freundin aus dem Institut«, sagte William.

»Du hast jemanden aus dem Institut mit hergebracht?«, rief der Großvater. Er klang fast wütend.

»Ja. Sie hat mir geholfen«, sagte William.

Der Großvater stürzte zu dem Loch, das William in die Wand gesprengt hatte.

»Warte«, rief William und taumelte auf unsicheren Beinen hinterher. »Sie ist auf unserer Seite!«

»Das glaube ich nicht«, sagte der Großvater und zeigte auf das gigantische Tor auf der anderen Seite der Halle, das sich gerade öffnete.

Eine Gestalt stand daneben und wartete. Iscia. William keuchte auf. War sie das gewesen? Hatte sie das Tor geöffnet?

»Komm!«, rief der Großvater und zog William mit sich.

»Aber«, sagte William und setzte sich zur Wehr. Doch der Großvater war stärker, als er aussah.

»Wir haben keine Zeit. Komm!«, sagte der Großvater und lief zu einer Schalttafel auf der anderen Seite des Raumes. »Wir müssen dich wegschaffen, ehe sie hier sind.«

Er lief auf den großen Wildschweinroboter zu. Drückte auf einige Knöpfe in dessen Rücken und trat dann zurück. William wich ebenfalls zurück. Der Kopf ruckte, als das Wildschwein die Augen öffnete und sich umsah. Es entdeckte den Großvater und grunzte.

»Raus da«, sagte der Großvater und zeigte zur Halle hinüber. »Mach sie fertig!«

»Nein! Warte! Iscia!«, rief William.

Aber der Großvater hörte nicht auf ihn. Der Wildschweinroboter heulte und trampelte los in die Halle.

»Der wird sie für kurze Zeit zurückhalten können«, sagte der Großvater.

Er trat wieder vor die Schalttafel und drückte auf die Knöpfe. In den Wänden um sie herum erklang jetzt ein gurgelndes Geräusch.

»Was ist das denn?«, rief William.

»Das ist einer der sichersten Bunker auf der Welt«, sagte der Großvater. »Bald wird sich die ganze Halle mit Wasser füllen, und dann können sie uns nicht mehr erreichen.«

William konnte es nicht fassen. Hatte sein Großvater den Verstand verloren? Oder war er immer schon verrückt gewesen? Nun ging William auf, dass er seinen Großvater eigentlich gar nicht kannte. Er könnte genauso gut mit einem Fremden hier stehen.

»Wir müssen diese Tür öffnen«, sagte der Großvater und ging auf eine weitere Tür ganz hinten im Raum zu.

»Ist das ein Ausgang?«, fragte William.

»Nein. Die führt tiefer ins System hinein.«

Plötzlich hörten sie ganz aus der Nähe ein Geräusch.

»Sie kommen näher«, murmelte der Großvater und zog aus der Innentasche seiner Jacke einen Gegenstand, der wie eine Pistole aussah. Er zielte auf die Tür, vor der sie standen. Eine Lichtkugel von der Größe eines Tennisballs pulverisierte die Tür und die Wand in ihrer Nähe. Eine dicke Rauchwolke quoll vor ihnen auf.

»Opa?«, rief William.

»Komm«, rief der Großvater irgendwo in der Rauchwolke.

William zog sich die Jacke über die Nase, tastete sich zum

Loch in der Wand vor und blieb stehen. Dann ertönte ein unglaublich lauter Knall.

Der Druck war so groß, dass William in die Finsternis geschleudert wurde.

William fiel zu Boden.

Er versuchte, auf die Beine zu kommen, ihm war aber so schwindlig, dass er den Versuch gleich wieder aufgeben musste.

Dann spürte er, dass er hochgehoben und über eine kräftige Schulter geworfen wurde.

»Wo sind wir?«, fragte er und sah sich um.

»Ich muss dich weiter unten in Sicherheit bringen. Sie werden Zeit brauchen, um am Wildschwein vorbeizukommen.«

»Was passiert hier eigentlich?«, fragte William und hustete.

»Kannst du selbst stehen? Ist dir schwindlig?«

»Das geht schon«, sagte William.

Der Großvater drückte auf einen Knopf in der Wand.

William blieb stehen und starrte verblüfft auf den Anblick, der sich ihm nun bot. Dort stand ein altes Eisengerüst, das an der Felswand befestigt war. William registrierte, dass große Wassermengen aus mehreren Löchern in der Wand strömten.

»Das ist ...«, begann er, wurde aber von einem dumpfen Dröhnen in der Finsternis hinter ihnen am Weiterreden gehindert.

Der Großvater zog William hinter sich die rostigen Metalltreppen in den Abgrund hinunter.

Die Treppen schwankten unter ihren Schritten. William bekam eine Gänsehaut.

»Schneller«, rief der Großvater.

Kaum waren sie unten angekommen, da drehte sich der Großvater um und versetzte der wackeligen Treppe einen kräftigen Tritt.

Die Treppe schwankte wieder, löste sich dann von der Felswand und verschwand in der Tiefe.

»Wie sollen wir denn wieder nach oben kommen?«, fragte William und starrte das höher steigende Wasser an. Es reichte ihm jetzt bis an die Knie.

»Wir gehen nicht wieder nach oben.«

»WILLIAM!«, rief jemand hoch über ihnen.

William schaute auf und entdeckte Fritz Goffman, der sich hoch oben über das Geländer des Gerüstes lehnte.

»Mach, dass du wegkommst«, rief Goffman. »Er ist nicht ...«

»Hör nicht auf ihn, William«, sagte der Großvater. »Jetzt ist es ohnehin zu spät.«

William drehte sich um und sah den Großvater an.

»Wie meinst du das?«

Der Großvater gab keine Antwort. Er starrte William nur an. In seinem Blick lag etwas Bedrohliches, als ob etwas Fremdes in ihn gefahren wäre. Etwas Düsteres. William spürte, wie Panik in ihm aufstieg. Er versuchte, sie unter Kontrolle zu bringen.

»Du bist nicht mein Großvater«, sagte er.

Der alte Mann grinste.

»Du hast aber ganz schön lange gebraucht, um das zu begreifen. Für meine Vorstellung hätte ich einen Oscar verdient.«

»Wer bist du?«, fragte William.

»Du hast ja keine Ahnung, wie lange ich auf diesen Moment gewartet habe«, sagte der andere.

»Abraham Talley?«, flüsterte William.

Er spürte, wie es ihm kalt den Rücken hinunterlief.

»Mach, dass du wegkommst, William!«, rief Goffman. »LOS!«

»Aber …« William blieb stehen und starrte den alten Mann an. Der schien sich vor seinen Augen zu verwandeln. Älter zu werden. Seine Haut änderte ihre Farbe. Jetzt war sie fast weiß.

»Es war klug von deinem Großvater, mich einzufrieren. Er hatte nur leider nicht damit gerechnet, dass ich schneller auftauen würde als er. Nur einer der vielen Vorteile, die man hat, wenn man voll von Luridium ist«, sagte Talley.

»LAUF, WILLIAM!«, hörte er Iscia rufen, aber er konnte sich nicht bewegen. Sein ganzer Körper war wie zu Eis erstarrt. Und das lag an Talleys Blick.

»Wo ist mein Großvater?«, fragte William.

»Der ist da oben in seinem Behälter. Wieder auf dem Weg ins Land der Träume«, sagte Talley. »Weißt du eigentlich, wie man das Luridium aus dem Körper eines anderen wieder entfernen kann?«, fügte er mit aufgeregter, krächzender Stimme hinzu.

William schluckte und trat einige Schritte zurück.

»Wenn der Mensch stirbt, verlässt das Luridium sofort den Körper und versucht, einen neuen Wirt zu finden. Erwürgen ist die beste Methode«, sagte Talley und hob zwei sehnige Hände. »Und wenn ich dich erwürgt habe ... brauche ich nur noch loszulassen. Und das Luridium wird mich finden.«

»LAUF!«, hörte er wieder Iscias Stimme. Und diesmal schien sein Körper endlich zu gehorchen. Instinktiv drehte William sich um und fing an zu laufen.

»Das hilft nichts«, hörte er Talley hinter sich rufen.

Es war nicht leicht, immer schneller zu rennen, denn das Wasser reichte ihm jetzt bis zur Taille. Aber William biss die Zähne zusammen und lief weiter. Er wollte sich nicht kampflos ergeben. Schon gar nicht Abraham Talley.

William schaute kurz nach oben und sah, dass Iscia und die anderen noch immer dort standen.

Er kämpfte fieberhaft, um sich über Wasser zu halten. Dann entdeckte er einen Felsblock, der vor ihm aus dem Wasser ragte. Er kletterte hinauf, blieb dort liegen und rang nach Atem. Sein Körper war vollkommen entkräftet.

»William!« Talleys Stimme war dicht über ihm.

William drehte sich um und starrte hoch zu Abraham Talley, der jetzt seine wahre Gestalt angenommen hatte. Die Haut hing ihm in Fetzen vom Gesicht. Sein Kopf war kahl und aus den kleinen Augen schossen Blitze. Fast schien es so, als ob Talley jetzt endlich doch das bekommen würde, was er so dringend brauchte. Das Luridium, das Williams

Großvater gestohlen hatte, um sein einziges Enkelkind zu retten. Das Luridium, ohne das Talley nicht am Leben bleiben konnte.

Er trat einen Schritt auf William zu. William bekam vor Angst kaum noch Luft.

»Bitte ...«, flehte er, aber das half nichts.

Obwohl Talley so alt war, war er entsetzlich stark. William konnte sich nicht wehren, als Talley sich über ihn beugte, ihm die dünnen Finger um den Hals legte und zudrücken wollte.

Er merkte, wie ihn die Kräfte verließen. Aber dann tauchte in seinem Kopf plötzlich ein Gedanke auf. Er erinnerte sich an die Schlingpflanze, die ihn fast erwürgt hatte. Und wie der Orbis ihn gerettet hatte.

William wandte seine letzten Kräfte auf, um den Orbis aus seiner Tasche zu fummeln.

Hilf mir, dachte er.

Der Orbis schien seine Gedanken lesen zu können, denn er schoss hoch in die Luft und blieb über William und Talley hängen, dann knallte er mit voller Wucht gegen Talleys Kopf.

»Verschwinde«, blaffte Talley und schlug mit einer runzligen Hand nach dem Orbis, während er mit der anderen weiterhin gegen Williams Hals drückte.

Der Orbis griff erneut an, doch William spürte, wie er langsam, aber sicher keine Luft mehr bekam. Es war zu spät. Das Letzte, was er sah, ehe ihm schwarz vor Augen wurde, war Laika, die Talley ansprang und ihm die Zähne in den Nacken schlug.

41

William öffnete die Augen.

Er lag in einem Krankenhausbett und sein Körper war vollständig verkabelt. Die Kabel führten zu Apparaten, die um sein Bett herumstanden.

Er konnte das Geräusch eines Monitors hören, der immer dann ein kurzes Piepen ausstieß, wenn Williams Herz einen Schlag machte. Ein durchsichtiger Beutel mit flüssigem Inhalt hing an einem Gestell neben dem Bett. Ein Schlauch führte von dem Beutel in Williams Hand. Er versuchte zu schlucken. Das tat weh. Er brauchte Wasser.

Jetzt, da sich seine Augen an das Licht gewöhnt hatten, konnte er mehr vom Zimmer sehen.

Er war nicht allein.

Am Fenster stand eine Gestalt. Er konnte ihr Gesicht nicht erkennen. Das Sonnenlicht war zu grell.

»Durst ...«, sagte er.

Seine Stimme war heiser und das Sprechen tat weh. Er hustete zweimal.

Die Gestalt drehte sich um und sah ihn an.

»William, du bist wach!«

Iscia?, dachte William.

Sie kam auf ihn zu und blieb neben dem Bett stehen. Sah ihn an und lächelte.

»Du hast eine Woche im künstlichen Koma gelegen«, sagte sie. »Wie fühlst du dich?«

»Durst ...«, wiederholte William und hustete wieder los.

»Natürlich«, sagte Iscia und lief zu einem Waschbecken in der Ecke. Sie kam mit einer Tasse Wasser zum Bett zurück. William hob den Kopf vom Kissen und trank.

»Ich habe schreckliche Kopfschmerzen«, sagte er und griff sich an die Stirn.

Iscia zog an einer roten Schnur an der Wand.

»Wo bin ich?«, fragte William.

»Im Institut«, sagte Iscia.

»Ich bin nicht tot?«

»Nein. Aber um ein Haar wäre es schiefgegangen.« Iscia wurde ernst. »Fast hätte Abraham Talley das Luridium aus deinem Körper holen können.«

»Das Luridium«, wiederholte William. Alles kam ihm jetzt vor wie ein lange zurückliegender Albtraum. »Du weißt also, dass ich Luridium im Körper habe?«

»Ja. Das weiß ich«, sagte sie und lächelte. »Aber du bist nicht wie andere Maschinen. Auch wenn du neunundvierzig Prozent weniger Mensch bist, als ich gedacht hatte.«

William musste lächeln. Er wusste nicht so recht, weshalb, aber es tat gut, Iscia so reden zu hören. Sie sahen einander eine Weile an.

»Aber was ist passiert ... mein Großvater ... und Talley ...?«, fragte er dann.

»Der Orbis und Laika haben sich um Talley gekümmert. Aber die ganze Höhle und der Bunker waren voller Wasser«, sagte Iscia. »Ich war sicher, dass wir ertrinken würden.«

»Wie sind wir da rausgekommen?«

»Erinnerst du dich an die U-Boote?«, fragte sie.

William nickte.

»Wir haben eines davon erreichen können«, erzählte Iscia. »Die Wassermassen haben das U-Boot durch die Wand gedrückt. Ein paar Minuten später schossen wir wie ein Torpedo hinaus auf die Themse. Das hättest du mal erleben sollen ... aber du hast es ja erlebt«, sagte sie und lachte. »Nur warst du ja nicht ganz bei dir.«

»Was ist mit meinem Großvater?«, fragte William.

Iscia wurde ernst.

»Dein Großvater liegt im Isolat, zum Auftauen. Es scheint nicht so gesund zu sein, einfach so aufgetaut und dann gleich wieder eingefroren zu werden. Aber es besteht auf jeden Fall die Hoffnung, dass er wieder zu sich kommt.«

»Die Hoffnung?«, wiederholte William. »Es ist also nicht sicher?«

Iscia schaute zu Boden. »Sprich lieber mit den anderen«, sagte sie kurz.

»Ich muss ihn sehen.« William versuchte sich aufzusetzen, sank aber gleich wieder zurück ins Bett.

»Was ist denn mit Talley?«, fragte er dann.

»Der ist auch wieder eingefroren, in einem ausbruchsicheren Behälter irgendwo im Institut. Ich glaube nicht, dass wir ihn je wiedersehen werden«, sagte Iscia. »Ich weiß nicht viel darüber, aber Goffman sagt, dass das Luridium, das Abraham in sich hat, schon so lange in seinem Körper steckt, dass es noch die letzten Reste übernommen hat, die an ihm menschlich waren.«

»Er ist also wirklich unsterblich?«, fragte William mit ängstlicher Stimme.

»Ja. Auf irgendeine Weise ist er das wohl. Kein besonders tolles Leben allerdings, in alle Ewigkeit eingefroren zu sein.«

Iscia zögerte. »Ich muss dir etwas erzählen«, sagte sie dann endlich.

»Was denn?«

»Über meinen Ordner, den ich im Archiv gefunden habe. Es hatte einen Grund, dass ich dir nicht erzählen wollte, was darin stand. Was mein Auftrag war«, sagte sie.

»Und was war dein Auftrag?«, fragte William.

»Du«, sagte sie nach einer Weile.

»Ich?«, fragte William.

»Ja«, sagte Iscia. »Ich sollte dich im Auge behalten, für den Fall, dass etwas passiert.«

William starrte sie an.

»Deshalb hast du mich in London gesucht«, sagte er.

»Ja«, sagte sie. »Es tut mir leid, dass ich dir nicht die Wahrheit sagen konnte. Es stand zu viel auf dem Spiel. Irgendwer musste schließlich mit dir in die Tunnel gehen«, sagte sie ein wenig beschämt.

»Ich verstehe«, sagte William und nahm ihre Hand.

Dann fuhr er zusammen, als die Tür aufgerissen wurde und Slapperton hereingestürzt kam.

»William«, sagte Slapperton, als er wieder zu Atem gekommen war.

Slapperton blieb stehen und starrte William an, während er den Mund öffnete und schloss wie ein Goldfisch. »Äh, ich, äh ...«, stammelte er dann.

Nun wurde die Tür ein weiteres Mal geöffnet und Fritz Goffman kam herein. Er blieb neben Slapperton stehen.

»Du bist wach«, sagte er.

»Ja«, sagte William.

»Ich, äh ... ich«, sagte Goffman, musste aber aufgeben.

»Was sie zu sagen versuchen, ist, wie sehr sie sich darüber freuen, dich wiederzusehen«, sagte Iscia und lächelte. »Und dass ihnen alles sehr leidtut.«

Slapperton und Goffman wurden rot.

»Oder nicht?«, fragte Iscia.

»Doch«, sagte Slapperton.

»Ja«, sagte Goffman.

Einige Tage darauf saß William angeschnallt auf dem weichen Sofa im institutseigenen Flugzeug. Er zitterte am ganzen Leib. In wenigen Stunden würde er wieder bei seinen Eltern im Haus in Norwegen sein.

Es schien eine Ewigkeit zurückzuliegen, dass er sie gesehen hatte. Und Herrn Humburger und den Rest der Klasse. Es war so viel passiert. Er kam sich ganz verändert vor.

Ein Geräusch ließ ihn aufschauen.

Eine Gestalt kam vom anderen Ende der Kabine her auf ihn zu. War das etwa ...?

»Ganz ruhig, diesmal bin ich es wirklich«, sagte die Gestalt und lächelte.

»Opa ...«, stammelte William.

Der Großvater setzte sich neben ihn und sah ihn lange an.

»Du bist gewachsen«, sagte er.

William wusste nicht, was er antworten sollte. »Danke ...?«

Der Großvater schmunzelte.

»Du siehst besser aus als beim letzten Mal. Vor acht Jahren im Krankenhaus«, sagte er. »Und aus dir ist ein ziemlich guter Codeknacker geworden, wenn ich das richtig verstanden habe.«

»Mhm«, sagte William. »Aber ich glaube, ich lass die Codes jetzt erst mal eine Weile in Ruhe.«

Der Großvater lächelte und kratzte sich im Bart. Dann streckte er den Arm hinter seinen Rücken und kratzte sich auch dort.

»Nebenwirkung nach der langen Zeit in der Tiefkühltruhe. Legt sich mit der Zeit.«

»Was hast du jetzt vor?«, fragte William.

»Mit dir nach Hause fahren. Deinen Eltern Guten Tag sagen. Ich schulde auch ihnen eine Erklärung«, sagte der Großvater. »Und ich will versuchen, sie zu überreden, dich im nächsten Jahr ins Institut zurückkehren zu lassen. Wenn du willst.«

42

»Frühstück!«, schrie unten sein Vater.

William saß über seinen Schreibtisch gebeugt und arbeitete. Er schaute durch ein Vergrößerungsglas und befestigte eine winzige Schraube an etwas, das aussah wie ein kleiner mechanischer Käfer.

Dann war seine Mutter an der Reihe. »FRÜHSTÜCK!«, rief sie.

»Ich komme schon«, antwortete William und legte den Schraubenzieher weg.

Er stellte den Käfer auf den Tisch, schaute ihn an und lächelte. Der Käfer hatte keine große Ähnlichkeit mit dem anderen. Auch hatte William es bisher nicht geschafft, ihn zum Gehen zu bringen. Aber er hatte ja Zeit genug.

»WILLIAM!«, rief sein Vater.

William stand auf, warf sich die Schultasche über den Rücken und stürzte aus dem Zimmer.

Unten in der Küche war alles wie immer. Nur waren die vielen Bücher verschwunden. Jetzt konnten sie sich dort ganz normal bewegen. Die Eltern saßen schon am Küchentisch.

»Pfannkuchen«, sagte die Mutter und lächelte. »Auch die Einundfünfzigprozentigen brauchen Frühstück.«

»Lass ihn in Ruhe«, sagte sein Vater.

»Freust du dich auf die Schule?«, fragte seine Mutter.

»Nicht besonders«, sagte William und rollte den Pfannkuchen auf. Er hob ihn an den Mund und wollte gerade hineinbeißen, als draußen eine Hupe ertönte.

»Das muss er sein. Er will dich unbedingt zur Schule fahren. Nimm den Pfannkuchen einfach mit«, sagte die Mutter. »Viel Glück.«

Ein leuchtend weißes Auto hielt vor dem Tor.

Die Tür öffnete sich und William sprang hinein.

»Pfannkuchen?«, fragte der Großvater und sah die buttergelbe Rolle an, die William in der Hand hielt. »Ich liebe Pfannkuchen.«

»Willst du mal beißen?«, fragte William.

»Nein, danke, ich habe eben erst gegessen.«

William warf einen Blick auf die beiden Chauffeure vorn im Wagen. Er konnte sie noch immer nicht leiden. Einer von ihnen musterte ihn im Rückspiegel mit übellauniger Miene.

Der Wagen fuhr los.

»Was ist das für ein Gefühl?«, fragte der Großvater und sah William an.

»Was denn?«, fragte William.

»Nicht mehr inkognito leben zu müssen.«

»Ein schönes Gefühl«, sagte William.

»Gut«, sagte der Großvater.

»Konntest du schon mit Mama und Papa sprechen ... über das Institut?«

»Ja«, sagte der Großvater und lächelte. »Sie brauchen noch ein wenig mehr gutes Zureden, aber das wird schon. Dafür werde ich sorgen.«

Sie schwiegen eine Weile.

»Aber mich wirst du jetzt erst mal eine Weile nicht sehen«, sagte der Großvater schließlich.

»Warum nicht?«, fragte William. Und verspürte einen Stich im Magen.

»Ich werde eine kleine Reise unternehmen.«

»Wohin denn?«

»Nach Tibet.«

»Nach Tibet!«, rief William. »Was willst du denn da?«

»Etwas holen«, sagte der Großvater und lächelte geheimnisvoll.

»Und wie lange bleibst du dort?«, fragte William.

»Weiß noch nicht so ganz. Einige Wochen. Vielleicht länger. Wir werden sehen.« Der Großvater lächelte. »Ich bin sehr stolz auf dich, William.«

»Danke«, sagte William.

»Da wären wir dann wohl«, sagte der Großvater, als der Wagen vor der Schule hielt.

Die Tür neben William glitt auf.

»Du musst dich beeilen. Offenbar hat es schon geläutet«, sagte der Großvater.

William blieb neben dem Wagen stehen.

»Ist irgendwas, William?«, fragte der Großvater.

»Ich habe noch mal nachgedacht.« William zögerte.

»Ja?«

»Wenn doch niemand Zugang zu dem Bunker hatte. Wieso waren dann da die vielen U-Boote und Panzer aus dem Zweiten Weltkrieg?«

»Eine sehr gute Frage«, sagte der Großvater und lächelte wieder. »Ich werde dir das bestimmt irgendwann einmal erzählen. Aber jetzt musst du es erst einmal vergessen und dich auf die Schule konzentrieren. Jedenfalls bis auf weiteres. Okay?«

»Okay«, sagte William und schloss die Tür.

Er winkte und rannte dann durch das Schultor. Der weiße Rolls-Royce verschwand um die Ecke.

Alle schauten ihn an, als er das Klassenzimmer betrat. William blieb stehen, als er Herrn Humburger sah, der mit einem abgenutzten Schwamm in der Hand vor der Tafel stand. Humburger blieb lange dort stehen und starrte ihn an. Er schien nach Worten zu suchen.

»Du heißt jetzt also Wenton?«, fragte er endlich. »William Wenton?«

»Ja«, sagte William. »So heiße ich.»

20 zauberhafte Jahre mit Harry Potter

Band 1: Harry Potter und der Stein der Weisen
ISBN 978-3-551-55741-4

Band 2: Harry Potter und die Kammer des Schreckens
ISBN 978-3-551-55742-1

Band 3: Harry Potter und der Gefangene von Askaban
ISBN 978-3-551-55743-8

Band 4: Harry Potter und der Feuerkelch
ISBN 978-3-551-55744-5

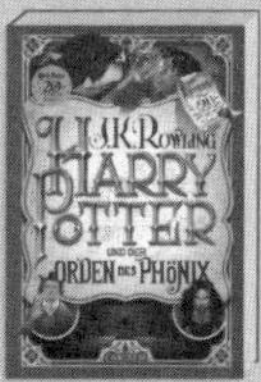

Band 5: Harry Potter und der Orden des Phönix
ISBN 978-3-551-55745-2

Band 6: Harry Potter und der Halbblutprinz
ISBN 978-3-551-55746-9

Band 7: Harry Potter und die Heiligtümer des Todes
ISBN 978-3-551-55747-6

Bis zu seinem elften Geburtstag glaubt Harry, er sei ein ganz normaler Junge. Doch dann erfährt er, dass er sich an der Schule für Hexerei und Zauberei einfinden soll – denn er ist ein Zauberer!
In Hogwarts stürzt Harry von einem Abenteuer ins nächste und muss gegen Bestien, Mitschüler und Fabelwesen kämpfen. Da ist es gut, dass er schon Freunde gefunden hat, die ihm im Kampf gegen die dunklen Mächte zur Seite stehen.

CARLSEN

www.carlsen.de

Die unglaubliche Welt von Rick Riordan

Percy Jackson Band 1: Diebe im Olymp
Taschenbuch
ISBN 978-3-551-31058-3

Die Kane-Chroniken Band 1: Die rote Pyramide
Taschenbuch
ISBN 978-3-551-31284-6

Helden des Olymp Band 1: Der verschwundene Halbgott
Taschenbuch
ISBN 978-3-551-31318-8

Magnus Chase Band 1: Das Schwert des Sommers
Klappenbroschur
ISBN 978-3-551-31702-5

Percy Jackson erzählt Band 1: Griechische Göttersagen
Gebunden
ISBN 978-3-551-55661-5

Die Abenteuer des Apollo, Band 1: Das verborgene Orakel
Gebunden
ISBN 978-3-551-55688-2

Rick Riordan ist ein Meister der Mythologien – Spannung in jeder Serie garantiert!

CARLSEN

www.carlsen.de